愛｜麗｜絲｜遊｜戲

ALICE GAME

【VOLUME THREE】

PRESENTED BY
CAO ZI XIN X NATSU AO

ALICE GAME

CONTENTS

ALICE GAME
CHARACTER FILE # 1
楊光
20歲｜大學生｜能力：暫停時間
與朋友登山時因迷路而踏入異空間。
性格開朗樂觀，充滿正能量。

ALICE GAME
CHARACTER FILE # 2
賴文善
23歲｜燒烤店店員｜能力：操控血液
與朋友野餐時被抓到愛麗絲空間。
思想消極但很理智，是個不折不扣的顏控。

Prologue

楔子

"If I or she should chance to be Involved in this affair,
He trusts to you to set them free,
Exactly as we were."

"My notion was that you had been (Before she had this fit)
An obstacle that came between.
Him, and ourselves, and it."

"Don't let him know she liked them best,
For this must ever be.
A secret, kept from all the rest,
Between yourself and me."

So.
Please be quiet, Alice.
Forever. Before you can choose……

夜晚一如既往地寧靜，漆黑覆蓋於大地，隔絕所有光線。那是黑，卻又不是，它像是能夠吞食全世界，讓人陷入絕望，除了遠離之外，不會有其他的想法。

居住於此，與黑色世界共存的，只有那些輪廓模糊，身材高大纖細的怪物。

它們穿著破破爛爛的裙子，裙子與它們的軀體融合，就像是原本存在於它們身上一樣，密不可分。

怪物們被能力者稱為「A」，但它們並不知道這件事，注視前方的目光，也沒有特別在找尋什麼，呆滯、不帶有任何感情與意識，以緩慢到像是故意在拖延的步伐，一步一步往前走。

一隻「A」正孤獨地在布滿鮮血與屍體的森林裡徘徊，它對於腳邊那些沒有生命跡象的肢體，沒有半點興趣，甚至完全不當回事，直接踐踏過去。

往前走幾步後，它突然停止，像條警犬一樣發出嗅探的呼氣聲，循著氣味，轉向某個方位。

它改變前進的路線，彷彿十分明確自己想要找什麼似的，和其他的「A」有顯著的差異性。

這麼明顯的舉動，很容易就會被人懷疑，可是這隻「A」沒有想這麼多，又或者說它根本沒有思考這種事情的智力。

如今的它，不過是順著本能行動。

而它很清楚它想要做什麼。

沙沙聲從周圍的樹叢裡傳出來，聲音很雜，聽起來就好像是有一人群生物正在穿過樹叢。

這些聲音以「A」為中心聚集，很快就包圍它，阻擋在它前進的路線上。

「A」停了下來，安靜地與包圍它的同類以沉默作為語言，無聲地進行交流。

這些「A」和它有很明顯的不同，它們的行動很顯然就是受到某種驅使，所以才會如此迅速且有默契地聚集在這裡。

"Why? Why? Why?"

這些「A」就像是無法理解它的行為一樣，發出疑問的聲音。

它們就像是故障的機器，不斷重複這句話。即使每個單字都說得很清楚，但由於開口時間不同，聽起來很像是噪音，令人內心煩悶。

看著同伴們的提問，這隻擅自行動的「A」突然張開嘴巴，露出尖銳的牙齒威嚇，並發出刺耳的吼叫聲。

也許是沒想到會被恫嚇，這群「A」全部安靜下來，呆呆地凝望著它。

"You are not Alice, And never will be."

"Alice...Alice..."

「A」們一提起「愛麗絲」的名字，就像是當機一樣。

最後，它們突然壓低聲音，憤怒不已。

"Dodgson! Where is Dodgson!"

"NO! NO! Dodgson, NO!"

怪物們突然發瘋，因為這個名字而陷入混亂與痛苦。

它們一個個痛苦地扭曲著，露出尖牙利齒，發出用指甲刮玻璃的噪音，驅趕了森林周圍所有的生物。而這個聲音，也傳遍整個空間，所有的能力者都聽見這可怕的吶喊。

傷痕累累的能力者們，內心同時升起一股寒意。

他們知道這是「A」的叫聲，但過去他們從來就沒有聽過「A」同時大叫。

吶喊聲裡似乎夾雜著說話聲，可是因為太過刺耳，沒人能聽得清楚。

唯一能夠確定的是，這並不是什麼好現象。

在陣營戰過後兩週，能力者群體間產生新的變化。

能力者總人數減少約三分之一左右，剩餘的人不是被其他陣營吸收，就是為了存活下去而甘願成為「智蟲」的階下囚。

沒有趕盡殺絕，是因為有些能力者還有用處，加上能力者數量太少會對他們不利，所以在秦睿的要求下，申宇民才勉為其難做出這個決定。

事情看似恢復和平，但實際上並沒有。

透過「愛情」增強能力的秦睿，所能「看見」的範圍遠超出想像，這讓他每天都頭痛不已，甚至還在初次產生變化的當天發高燒，花三、四天左右退燒後，才終於習慣自己增強後的能力。

其他人根本不可能像他這樣，還會因為自己的能力變強而生病，不過這也證明他的能力有多麼與眾不同。

「哥，還在頭痛嗎？」

申宇民像是做錯事的孩子，趴在他的膝蓋上，故意裝可憐給秦睿看。

覺得他這個樣子可愛到不行的秦睿，真覺得自己病得不輕。

他輕咳兩聲，摸摸申宇民的頭。

「我早就沒事了，不是跟你說過，我發燒不是因為你做過頭的關係。」

跟申宇民做到一半突然發高燒還昏倒，差點沒把這可憐的年輕人嚇個半死，所以他能理解這傢伙為什麼會對他過度保護。

但，他好歹也是個男人，沒那麼纖弱。本來身體就很健康，當然不可能因為這點小事就病死。

雖然他很想解釋清楚，可是不管他怎麼說，就是沒有辦法讓申宇民安心，無可奈何的秦睿，只好按照他的意思，讓他照顧自己直到相信他身體已經康復為止。

申宇民起身，把頭伸過去，和秦睿額頭貼額頭，確認體溫。

這個距離近到能接吻，害秦睿忍不住心跳加速，露骨地盯著申宇民的嘴唇看。他的表情太過明顯，早就被申宇民發現，但他卻沒有立刻戳破，而是打算多看幾眼秦睿可愛的反應。

不過，這想法僅僅維持了三秒不到的時間，因為他還是忍不住想要親上去。

他稍稍將脖子往前靠，從他的嘴唇上偷走一個吻，心滿意足地看著因為被他親而驚訝不已，滿臉通紅的秦睿，開心地笑了。

「哥真的有夠可愛。」

秦睿知道自己表現得太過明顯，反而很不好意思地撫摸嘴唇，一句話也不說，純粹用眼神向申宇民表達不滿。

「不想現在就被我扒光的話，就別用那種表情看我。」

「你還真是無時無刻都在發情。」

「哥就在我面前，我怎麼可能不勃起。」

申宇民理直氣壯地回答，彷彿對他來說，這件事情很「正常」一樣。

秦睿用力掐他的臉頰，覺得好氣又好笑，這男人怎麼在他面前總是表現得像個孩子？明明其他時候都很帥氣可靠。

「要做嗎？」

「……不了。」

停滯幾秒才回答的申宇民，笑著拒絕。

秦睿知道他拒絕自己的理由是什麼，所以並沒有強迫，也不打算追問。

他用拇指指腹輕輕搓揉申宇民的眼袋，注視著那雙因他而閃耀的瞳孔，低頭親吻他的額頭。

「其他陣營的狀況如何？」

「嗯……現在一次消失兩個陣營，加上其他陣營首領認為睡鼠已經和智蟲合併的關係，可能陣營之間的關係會暫時變得有些緊張。」

「我們被白兔首領提防了嗎？」

「白兔本來就很顧忌能力者數量最多的智蟲和三月兔，現在三月兔瓦解，他們也趁這個機會從兩個陣營裡面挖走了幾個人。」

「虧他還能放心拉攏那種貪婪陣營裡的人。」秦睿邊抱怨邊嘆氣，「話雖如此，但白兔首領至少還能夠溝通，而且我們手裡有『愛麗絲』，他們再怎麼說都會看在這件事情上，乖乖跟我們合作。」

「嗯，你說得沒錯。就現在來說，柴郡貓反而是個問題。」

「……柴郡貓嗎？老實說，我是真的不懂他們想幹嘛，看起來沒有很積極想要離開的意思，但好像也不是很喜歡這個世界。」

「他們似乎有跟『角色』接觸。」

「這樣的話，就得留意那些傢伙的動靜了。」

「別太擔心，哥。那兩個人會自己看著辦的。」申宇民摟著秦睿，把頭埋在他的頸後，輕輕磨蹭，「哥，你現在已經完全適應增強後的能力了吧？」

秦睿苦笑，伸手撫摸他的頭，「我從來沒想過我的能力還能這麼方便。」

說完，他抬起右手打了個響指。

淡藍色的半透明螢幕顯現在他面前，上面寫滿密密麻麻的情報與資料，而這，就是他的能力。

身為「睡鼠」的首領，他的情報能力是最強的，因為他所擁有的能力是「資料庫」。

他能夠知道身處於這個世界中所有能力者的個人資料與情報，包括位置、聯絡方式，甚至是他們的能力與限制等等。除此之外，他還掌握所有重要地點位置，以及便利商店內的道具情報。

這就是為什麼他能夠提供楊光想要取得的物資情報，以及「鐵盒」的存在。

而在承認愛上申宇民之後，他的資料庫裡增加了關於「怪物」與「角色」的情報，雖然大部分的資料都被黑線遮住，沒辦法看得很清楚，但也有不少從不知道的祕密。

——例如那些被稱為「A」的怪物。

雖然剛開始能力者們都是自然而然稱呼它為「A」，但從來就沒有人去懷疑過理由，也沒想過為什麼要這樣稱呼它。

反正，那些事情並不重要，即便知道了，也沒有什麼用處。

怪物就是怪物，光是想盡辦法逃離它就已經費盡力氣，為什麼還要去思考那些沒意義的問題？

秦睿雖然懷疑過，可是他也跟其他人一樣，沒有仔細去想這個問題。

直到能力提升、資料庫更新後，他才明白——被稱為「A」的怪物們，是曾經被這個世界選上，並成為「愛麗絲」的能力者們。

當他從賴文善的口中得知，他們遇到沒有攻擊、追殺他們的「A」時，曾產生懷疑。沒想到透過資料庫得到的答案，竟然如此讓人心情複雜。

摟著他的申宇民，對資料內容沒有太大興趣，他只擔心能力提升後的秦睿，可能會被更多人覬覦。

「哥，你沒在別人面前展示過這個能力吧？」

「你當我是笨蛋嗎？當然沒有，我對自己的能力可是保密到家，就連我陣營裡的人也只是知道我的能力是跟竊取情報有關而已。」

「哥的能力雖然很強，可是卻完全不會打架。」

「如果超——強的戰鬥能力放在我身上，根本就像是把剛出爐的烤雞直接丟進下水道一樣，不是反而會變得很可笑嗎？」

秦睿邊說邊滿足地滑動螢幕畫面，「我倒覺得這個能力很適合我。」

申宇民看著秦睿的側臉，陶醉地應和：「嗯，我同意。因為這樣我就有藉口能把哥囚禁起來。」

秦睿抖了一下身體，一臉覺得「你這白癡有病吧」的表情，厭惡地盯著申宇民看，但申宇民卻完全不覺得自己說的話有那裡不妥，反過來裝可愛給他看。

秦睿想揍人，申宇民則是很想親吻對他生氣的秦睿。

最後，秦睿趕在申宇民行動前，用掌心抓住他的臉，阻止他把嘴巴貼過來。

「哥，你這樣好過分，我好歹是你的男朋友，就不能疼疼我嗎？」

「沒看到我在忙？我還得把資料整理出來給楊光和賴文善。」

「……什麼資料？」

申宇民抓住秦睿的手腕，把掌心從他的臉上挪開。他很不喜歡秦睿關心那兩個人，因為秦睿的關心是屬於他的，其他人想都別想跟他分。

秦睿大概知道申宇民在想什麼，嘆口氣之後回答：「沒有那些礙手礙腳的傢伙干擾，就得開始專心找『Original』了。」

「『Original』……呵，是啊，差點忘記那個鬼東西。」申宇民皺眉，看起來似乎還想說點什麼，但最後仍選擇沉默。

秦睿無奈苦笑，似乎能明白申宇民為什麼會這麼不耐煩。

因為他也一樣。

是時候該做出決定。

應該留下，還是離開。

Chapter 01
線索

Original，意指原稿。

單從翻譯角度來說，賴文善很清楚身為「愛麗絲」的自己，目的就是要把《愛麗絲夢遊仙境》的原稿找出來。但問題是，他的手邊根本沒有半點線索。

雖然所有能力者都認為「Original」是唯一能夠逃離這個世界的鑰匙，可是他並不這麼認為。理由很簡單，因為沒有任何線索能夠支持這個猜測。

而且，知道的人也只有秦睿和中宇民，如此一來不就更讓人覺得奇怪？

他並不是想要懷疑那兩個人，畢竟他很清楚，他們是值得信任的友軍。只是他現在有了必須離開這個世界的理由，所以不管怎麼樣，他都得設法找出離開的辦法。

在等待傷勢恢復的這兩週時間，賴文善有很長時間能夠思考、整理目前手邊掌握的線索。不知道是不是因為「愛麗絲」的身分，他總覺得自己能用正常的思考模式做出判斷，而不是像其他能力者，跟瘋子沒什麼兩樣。

如果說這是成為「愛麗絲」的特權，說實在的，還不錯。

他已經答應楊光，要找到出口，所以他必須該認真思考下一步該怎麼做。

除此之外，還有件讓他在意的事。

「……哈啊，你有什麼事？」

賴文善回過神，抬頭看著雙手環胸，一臉不耐煩的申宇民。可以的話，他也不想來找這個目中無人的男人，但他卻是取得線索的唯一來源。

要不是看在秦睿的分上，他絕對不可能待在智蟲陣營。現在外面都在傳睡鼠與智蟲合併的消息，沒有意外的話，現在這兩個人所率領的陣營，是目前勢力最為強大的。

強大是好事，但也不見得沒有半點壞處，因為這意味著可能會有新的危險找上門來。其他陣營不可能眼睜睜看著而什麼都不做。賴文善可以確定一心只想保護「愛麗絲」的紅心騎士不會插手干涉，不過白兔與柴郡貓的目的，還有待觀察。

秦睿有跟他說過不用擔心，但畢竟是自身的安危，總不能老是麻煩別人。

他跟楊光是打算離開這個地方的，然而秦睿和申宇民似乎不這麼想。

「前陣子那陣怪物嘶吼的聲音，查出來源了嗎？」

申宇民瞇起眼，很不滿意賴文善用這麼隨便的態度跟自己說話。

果然這個男人的溫柔，只屬於秦睿。

他反射性地咂嘴：「……呿。」

申宇民根本沒有要隱藏對自己的厭惡，當然，賴文善也沒打算討好他。

他知道申宇民因為強大，總是不把別人放在眼裡。但能力增強後的他，實力並不遜於他，現在他們能夠相安無事地面對面交談，全是因為秦睿的關係。

「我知道你討厭我，但我勸你還是別表現得這麼明顯。」賴文善無奈聳肩，故意提醒申宇民：「秦睿可是超——級喜歡我，要我跟他告狀，你因為忌妒才老是找我麻煩，或是跟我唱反調嗎？」

住在智蟲陣營據點的這段時間，申宇民總是有事沒事就來挑釁他，趁他不注意，故意操控影子攻擊他，或是找時機偷襲。雖然不是想殺他，卻是認真想要讓他受傷。

好在他警覺性還算高，每次都能提前預知到危險，即時閃避。剛開始他並不想要跟這個年輕人認真，不過次數卻慢慢增加到開始讓他有些煩躁了。

申宇民似乎認為他不會跟秦睿告狀，所以才會變本加厲，根本不知道他只是大人不記小人過。正好趁這個機會，拿出來利用一下，威脅這個總是面無表情的男人。

沒想到他才剛說完，腳邊的影子突然化為椎狀體，像荊棘般圍繞在他身邊。尖刺並沒有碰觸到他的身體，卻停留在最極限的位置，威嚇感十足。

賴文善面不改色，眼神堅定地與看不出想法的申宇民四目相交，這讓原本只是打算嚇嚇他的申宇民變得更討厭他。

「哈……要不是因為睿哥，我真想現在立刻就把你撕碎。」

「適量的忌妒很可愛，但過度的話就會變得很噁心哦？」

「趁我還能好好說話的時候閉嘴。」

申宇民將影子收回去，試圖轉移話題，來迴避心中的煩悶感。

他耐著性子，回答賴文善一開始的問題：「聲音是從外圍森林裡傳過來的，最近不知道為什麼，有大量的『A』在那邊徘徊，因為它們很少會有這種大量聚集的行為，所以我這段時間都有派人在那附近監視它們。」

「你說『A』？真奇怪，它們為什麼……」

「不清楚。那些怪物的行動模式本來就沒有什麼特別的意義，但保險起見，還是得觀察一段時間。」

「保險起見是什麼意思？」

「這次的陣營戰不是有大量的能力者死亡嗎？雖然人數大量減少不是什麼問題，但同個時間有大量死亡情況發生的話，這個世界也會受到影響，變得有點不太穩定。」

從申宇民敘述的態度來看，似乎曾經經歷過類似的事情。

賴文善有些好奇，「影響的程度有多大？」

「看狀況。」申宇民瞇起眼，用這三個字阻止賴文善繼續問下去。

賴文善知道申宇民已經不打算再回答他任何問題，只能果斷放棄。

「好吧，總之我除了要問你那個聲音之外，還需要你幫我一件事。」

這次他趕在申宇民又露出心不甘情不願的態度之前，把自己的目的說完：「我想跟智蟲見一面。」

他的要求在申宇民的預料之外，他震了一下身體，狐疑地瞇起眼打量賴文善。

賴文善知道他心裡現在肯定在咒罵自己，於是他舉起雙手，與臉頰同高，將掌心面向申宇民，向他坦承自己沒有其他念頭。

「沒想到你居然會主動說想見牠。」

「我需要知道關於『Original』的事，除了問牠之外，我想不到其他辦法。」

申宇民摸著下巴思考，「嗯……畢竟牠也是『角色』，過去我們也曾想從牠口中套出『Original』的情報，但牠卻總是重複同樣的情報，就連帶著『愛麗絲』到牠面前，也沒有什麼不同。不過……」

申宇民像是自言自語地說著，但看起來他好像也變得不太確定，視線始終放在賴文善人畜無害的呆愣表情上。

最後，他忍不住脫口而出：「如果是你的話，或許結果會有所不同。」

賴文善眨眨眼，嘴角上揚。

「真巧，我也這麼覺得。」

雖然申宇民是個年輕人，又因為忌妒老是把他當成眼中釘，但再怎麼說都是智蟲陣營的首領。想率領這個變態級的陣營，可不能單靠武力與恐懼威嚇。

簡單來說，實力與聰慧兼具的申宇民，比任何人都適合坐在智蟲首領的位置。

申宇民接著說：「我從沒看過智蟲主動出手幫忙，就算知道『愛麗絲』很有可能會死，牠也不會提供任何幫助，更不可能保護那個人。牠總是把自己當作這個世界的異類，不管發生什麼事情都不為所動。」

「其他『愛麗絲』都沒有被牠幫助過？」這個事實倒是讓賴文善驚訝不已。

他還以為「智蟲」出手的原因，是因為他是「愛麗絲」，不過現在想想確實不太對勁，畢竟之前那麼多愛麗絲都死了。按照道理來說，有「智蟲」的幫助，至少不會那麼容易就讓「愛麗絲」死亡才對。

中宇民見他終於意識到這個微妙的問題，便繼續說：「沒有，甚至連一點興趣都沒有。你是第一個讓牠主動開口說想當面交談的『愛麗絲』。」

「哇啊——聽到這些話，完全讓人高興不起來。」

賴文善沒有說謊，他是一點喜悅感都沒有。

特殊的待遇是他最不想要的，因為「智蟲」過度偏袒的行為，讓他更加確定自己的存在有多麼特別。

中宇民給他一個鄙視的眼神後，往前走幾步，背對他說道：「跟我來吧，我帶你去見牠，但時間不能太長。」

聽到他這麼說，賴文善有些意外，瞪大眼問：「什麼時候有時間限制了？」

「不是有時間限制，是牠現在的狀態不是很好，沒多少力氣說話。」

「……什麼？」

看著賴文善一臉像是不知道發生什麼事的表情，中宇民轉過頭，嘆口氣。

「待會你自己看了就知道。」

賴文善疑惑地觀察中宇民的表情，試圖解讀他是在擔心「智蟲」，還是說只是覺得他很讓人煩悶。

不管怎麼說，這個男人腦袋裡的想法，仍然讓他難以理解。

楊光這幾天都會定期到據點內的訓練室和其他人進行對戰練習，打從他們約定好要一起離開的那天開始，楊光就專注於提升自己的戰鬥能力。

智蟲陣營裡面有群喜歡打架，負責實戰任務的能力者。他們在聽說楊光有要變強的意思後，便主動過來邀請他一起參加每天的訓練。

託這些人的福，他們兩個的相處時間變得很少。雖然賴文善很想支持楊光的決定，但偶而還是會覺得有些孤單。

不過，這也表示他能夠單獨行動的時間增加了。

他本來就打算瞞著楊光，獨自調查「Original」，現在他必須先掌握比過去那些「愛麗絲」還要多的情報才行。

所以，他才會想到「智蟲」。

一瞬間他有想過要不要先從秦睿問起，不過這兩週以來，就只有見過他一次。除此之外秦睿基本上都跟中宇民待在頂樓的房間，從來沒見他離開。

礙於中宇民那該死的個性，賴文善大概可以猜得出來秦睿是被他囚禁起來了。但因為秦睿不是那種甘願妥協的個性，加上曾聽陣營其他能力者聊起，中宇民最近心情好像很不錯的樣子——不用想也知道這兩個人最近這段時間都在做些什麼。

「進去吧。」

在申宇民的帶領下，賴文善再次來到囚禁「智蟲」的鐵籠。

和記憶中一樣，仍舊是個讓人反胃的地方，見到「智蟲」時，牠噁心的身軀與遠比之前還要臭的氣息，差點害他把午餐全部吐出來。

「為什麼『智蟲』的狀況跟上次比起來，好像更糟糕了？」

「所以我不是說過嗎？牠現在狀況不好。」

申宇民的態度很隨興，似乎一點也不在乎「智蟲」的狀態。

他垂眸盯著腳邊的影子，掌心向下，從隆起的影子裡面提出一顆人頭。

賴文善沒想到他會突然掏出那種東西，嚇得臉色鐵青。

「你、你在幹嘛？」

「讓這傢伙稍微恢復點體力。」申宇民簡單解釋完之後，將人頭扔向「智蟲」。

纏繞在「智蟲」軀體上的觸手迅速捕捉飛過來的人頭，像顆水果般瞬間掐爛，鮮血滴落在噁心發臭的軀體上，很快就被吸收進去。

被擰爛的剩餘部位，被觸手用力擲飛，「啪」的一聲在牆壁上炸出一朵肉末花。

觸手有氣無力地緩慢晃動，最後貼回身軀。

「智蟲」知道賴文善會來見牠，發出熟悉的咯咯笑聲。

"Welcome, Alice."

果然，「智蟲」知道他來這裡的目的。

牠曾說過自己對這個世界無所不知，看來並不只是情報或祕密，就連他們的行為舉動，甚至是心裡打的算盤，全都在牠的掌握之中。

這種被人完全看透的感覺，讓人不太舒服，但他沒什麼選擇的餘地。

既然如此，他應該也不用主動開口問了。

"Alice Dodgson. The door is waiting for you."

"You can't leave, no. It will stop you."

"Choice is important. But you have no choice."

「智蟲」說的話，仍然像是藏有某種隱喻，看似清楚，實則卻讓人搞不懂。

過去他對這些話感到煩躁與不理解，但不知道為什麼，這次的感受卻不同以往，就好像總是阻塞的大腦，突然通了一樣。

是因為知道「智蟲」是站在自己這邊的關係嗎？坦白說，賴文善不太能夠確定，但可以肯定的是，「智蟲」與其他「角色」一樣，都對「愛麗絲」有某種執著。

說不到幾句話，「智蟲」的聲音便停止，像是個年紀很大的老人家，不斷咳嗽。

「……你還好吧？」

無心脫口而出的話，讓賴文善被一旁的申宇民用怪異的眼神盯著看。

他的表情就像是在問他腦袋是不是有問題，竟然關心「角色」的身體狀況。

「別那樣看我，我只是好奇問問而已。」

「我還以為你把這些東西當成自己的同伴。」

「雖然我被稱為『愛麗絲』，但我跟牠們沒有半點關係。」

很顯然，申宇民並不相信他說的話，甚至開始對他產生懷疑。

再這樣下去，他搞不好要把他當成怪物對待了。

他可不要跟這種變態成為敵人。

「看你的表情，好像是有什麼話想說。」

「是有很多話……」申宇民皺眉，「『智蟲』是在上次幫助你跟楊光哥之後才變得虛弱的，照牠的說法來看，是因為使用太多力量加上被攻擊的關係。不過最大的原因，是牠太久沒出去外面，覺得有點水土不服。」

「你的意思是，牠單純只是水土不服才變得這麼虛弱？」

「聽起來很可笑對吧。」

「搞什麼？我還以為牠是因為受傷才這樣！」

賴文善氣憤地轉頭瞪向「智蟲」，大聲抱怨：「該死的，把我的關心還來！」

可惜「智蟲」並沒有回應，而是像在說夢話一樣，喃喃自語。

"Characters are coming. Original is coming."

"You can find what you want in a happy and joyful place."

"But not free."

"So, Choose. Before you can choose."

噗嚕嚕的氣泡聲從「智蟲」的身體裡傳出來，噁心的泛黃液體從氣泡裡溢出，「智蟲」就像是洩氣的皮球，像灘爛泥巴，黏在冰冷的地板上。

申宇民知道牠這狀態是什麼意思，轉身面向唯一的入口，對賴文善說：「我們出去吧，那傢伙睡著了。」

睡著？

原來這模樣是在睡覺嗎！他完全分辨不出來！

能夠看得出來這點的申宇民，也是有夠可怕的！

「知道了……」

賴文善原本以為能夠跟「智蟲」好好對話，沒想到卻連「Original」的事情都沒機會開口問，只是單方面地聽「智蟲」說話。

跟上次相比，「智蟲」變得很愛說話，很難想像之前牠只會開口說簡單的句子，就像是著急地想要告訴他什麼一樣。

「智蟲什麼時候會恢復？」

「不曉得。」

「等牠恢復正常後，我想再跟牠見一次面。」

「我為什麼要浪費時間……唉，算了，睿哥有囑咐過我要幫助你們，雖然很讓人不爽，但我會再帶你過來見牠的。」

申宇民百般不願，卻又不得不幫的矛盾態度，讓賴文善覺得有夠好笑。

不過，還是等申宇民離開之後再笑吧，現在的話可能會出大事。

／

「文善，你今天跟申宇民去哪了？」

從訓練場回來的楊光，在知道賴文善今天跟申宇民待在一起的事情後，醋勁大發，不顧自己渾身汗臭味，緊抱著他不放。

賴文善才剛從「智蟲」的惡臭地獄裡解放出來，現在又被迫近距離聞男朋友的汗臭味，讓他覺得自己的嗅覺快要壽終正寢。

「先去洗澡……你好臭。」

「喜歡我的話，聞到我的汗臭味應該會很興奮才對吧？」

「我不管別人會不會興奮，我是興奮不起來。」

即便是喜歡的人，賴文善也沒辦法忍受跟髒兮兮的身體黏在一起的觸感。

他希望楊光能明白他的意思，但下一秒他就被抱起來，輕輕鬆鬆地被帶進浴室。

賴文善看著笑嘻嘻的楊光，立刻知道他想幹什麼。

「我是叫你去洗澡，沒叫你把我也帶著。」

「你的身體被我的汗水弄髒了，順便一起洗吧！」

「不要以為你用那張閃閃發光又帥到讓人睜不開眼的笑容要賴，我就會點頭說好！」

賴文善極力抗拒，很可惜，最終他仍被脫光放進浴缸裡面。

暖呼呼的熱水讓賴文善睡眼惺忪，在快要睡著前，他突然恢復意識，急急忙忙朝身後的楊光發火。

「喂我不是說我不想洗嘛！」

「我幫你搓背。」

楊光的力道適中，搓洗身體就像是在做全身按摩一樣，結果賴文善一個恍神又忘記生氣。

再次回神，他已經穿著浴袍躺在床上，正在接受楊光按摩小腿的服務。

「舒服嗎？力道要不要加強？」

楊光邊問邊把嘴唇貼近他的大腿內側，輕輕磨蹭。

賴文善滿臉通紅地抿唇，看起來好像在生氣，實際上只是因為被這個男人的行為迷惑而對自己感到不爽。

他真的很好掌控啊……明知道被楊光吃得死死的，但他還是一點都不覺得討厭，反倒是快勃起了。

「你真的有夠討厭。」

楊光瞇起雙眸，故意裝傻問：「所以，你喜歡我這樣嗎？」

喜歡！

超級喜歡！

賴文善在內心大吼，實則害羞得不斷顫抖。

穿著浴袍卻被強行敞開大腿，因為一點挑逗就勃起什麼的——楊光真的很喜歡讓他做這些羞恥到不行的事。

「你不是在生氣嗎？因為我去找申宇民，沒跟你說。」

「讓我用這個姿勢幫你口的話，我就不生氣。」

賴文善聽得出來他是用開玩笑的口氣，認真說出這句話。

他將身體向前傾，舉起雙手，同時往楊光的左右兩頰用力拍下去。

啪！

聲音很響亮，把楊光嚇得不輕。被打的位置麻麻的，雖然很痛，但他卻像是沒有感受到痛覺一樣，傻傻盯著賴文善看，任由賴文善擠壓自己的臉頰。

賴文善對他傻裡傻氣的表情說：「我是為了見智蟲才去找他的，要不然我才不想跟那小子見面。」

光是想起今天跟他交談時的感覺，賴文善就忍不住起雞皮疙瘩。

楊光肯定是吃錯藥，才會覺得他跟申宇民之間有什麼。

還是說，是因為之前被困在夢裡的時候，他說自己在跟申宇民交往的事？

不管怎麼說，他都必須徹底抹殺楊光心中的任何一絲疑慮。

他不想讓總是為他付出的楊光受到傷害，即便是謠言或是夢都不允許。

「別生氣，我喜歡的人是你。還是說你覺得我是那種，交往沒幾天就跑去泡其他男人的渣男？」

「哼……當然不是。」

楊光嘟起嘴，雙手掌心覆蓋在賴文善的手背上，倔強地低聲咕噥。

雖然可以理解，可是想到這段時間他都不知道賴文善做了什麼，心裡就有些鬱悶、不開心。

他自己也有自覺，這種行為跟變態沒什麼兩樣，但他就是沒辦法克制，更重要的是，賴文善似乎不是很在意這種過度束縛戀人的行為。

看到他緊皺的眉頭終於慢慢鬆開，賴文善無奈笑道：「現在，我們來做點你喜歡的事情吧？」

他吻住楊光，伸出舌頭舔拭他的嘴唇，感覺到楊光的手重新放回他的大腿上，並慢慢往自己的胯間伸進去。

磨磨蹭蹭地，很慢但充滿溫柔，完全可以感受到他有多麼寶貝自己。

賴文善起身，坐在楊光的懷裡，用指腹輕揉他的眼袋。

雖然楊光沒有表現出疲態，但臉上的黑眼圈卻出賣了他。

「你不要那麼拚命，我不想要看到你累倒。」

「不會的。」楊光把下巴貼在賴文上的胸口，緊緊抱著他，仰望那雙充滿擔憂神情的眼睛，「只要文善你一直待在我身邊就好，無論是想變強保護你，還是離開這個地方，我們都要待在一起。」

賴文善從來不知道，自己會遇見如此黏人的男朋友。

他並不是個有趣的人，所以很清楚楊光喜歡上他，是因為他出現在他心靈最脆弱的時候。

曾經以為這只是種巧合，如果當時楊光遇見的不是自己，那麼他們也不可能成為如此親密的關係。但那並非「事實」。

無論有多少種可能性，現在的他確確實實地在和楊光談戀愛。

所以這並不是巧合，而是命運。他跟楊光命中注定要談一場戀愛。

「你的瞳孔顏色變淡了。」賴文善歪著頭，任由浴袍從肩膀滑落，故意問：「明天不要去訓練場，一整天跟我待在一起，好嗎？」

楊光怎麼可能拒絕得了賴文善露骨的邀請。

他緊忍住想要立刻撲倒賴文善的衝動，卻沒辦法阻止自己因為他的話而勃起。

「文、文善啊，我的雞雞快爆炸了……」

「嗯，我知道。」

賴文善臉頰泛紅，呼吸稍微變得有些急促。

現在他跟楊光下半身貼在一起，能夠清楚感受到他勃起的瞬間。這讓他變得格外興奮。

他單手跨在楊光的肩膀上，另一隻手則是往下伸，勾住楊光的內褲褲頭。

「為什麼你不幫我穿內褲，自己卻穿著？」

「我總不能光著身體幫你按摩。」楊光壓住賴文善的後頸，讓他把身體靠在自己的肩膀上，貼在耳垂邊的嘴唇，按耐不住地磨蹭著。

他說話都已經有點顫抖了，如果再繼續挑逗下去，賴文善知道自己的屁股可能會不保。

就算喜歡跟楊光做愛，但還是得節制點。

最近他們為了維持能力啟動的狀態，幾乎天天都做，他感覺自己的屁股都快要闔不攏了。

賴文善扭動身體想要拉開距離，但楊光卻死抓著他的腰，害他動彈不得，甚至開始挪動下半身，拿他那硬到不行的東西磨蹭他的屁股。

賴文善的心裡大喊不妙。

他原本只是想稍微玩玩而已，沒想到卻反而被楊光挑起性欲。

「唔……嗯……你、你不要再磨了！」

賴文善被楊光弄到瑟瑟顫抖，最終按耐不住，忍不住對他大吼。

楊光的笑聲從他耳邊傳來，隨後兩人的身體拉開距離，充滿孩子氣的閃亮笑容展現在賴文善眼前，讓他的火氣一下子就消下去。

「文善你也硬了。」

賴文善紅著臉，挪開視線。

明明已經做過很多令人更害羞的事，但他就是沒辦法習慣。

「你要負責。」

「嗯，當然。只有我能負責。」

楊光邊說邊把自己的陰莖掏出來，和賴文善的一起握在掌心裡。

「啊、哈啊……」

光是貼著，就已經令賴文善敏感地顫抖肩膀，被手掌心包覆的溫熱與皮膚的粗糙感，全都感受得一清二楚。

當楊光開始一起上下套弄的時候，他完全忍不住，不斷地從嘴裡發出喘息與接近氣音的呻吟聲。

「唔啊、好舒服。」賴文善張著嘴，眼神迷茫，「我想要貼、貼著，啊……」

因為過度舒服而讓賴文善連話都說不清楚，但楊光卻像是能看穿他腦袋裡的想法，將嘴唇貼過去。

唇瓣相碰的瞬間，賴文善嚇了一跳，反射性地張開嘴，讓楊光把舌頭伸進來。

他喜歡和楊光接吻，因為楊光總是會壓住他的後腦杓，像是要把他完全吞進肚子裡一樣，瘋狂地深吻。

但不知道為什麼，這次楊光卻只是用舌頭逗弄著他的上顎，惹得他渾身酥酥麻麻。陰莖被磨蹭得好癢、口腔也被他玩弄到變得越來越敏感，兩邊同時刺激，讓賴文善難以忍受。

「唔！」

一個恍神，剛好被楊光的舌頭頂到舒服的地方，他就忍不住先射了出來。

楊光半垂著雙眸，慢慢把舌頭從他的嘴裡收回，彎起眼角笑道：「居然是因為嘴巴裡面被舔而射出來，文善，你真的好可愛。」

賴文善回過神，大口喘息，一臉不懂剛才發生什麼事。

他錯愕地抬起頭，「你、你為什麼故意這樣玩我！我以前從來就沒有……」

話說到一半，賴文善發現楊光的臉色突然變得陰沉下來，趕緊閉上嘴。

他說得太多了，這樣講就好像自己這方面的經驗很多似的。

明明他一直都很小心，不想讓楊光知道他總是只進行沒有感情的性行為，卻在這個時間點不小心脫口而出，簡直糟糕到不行。

原以為楊光會追問或是生氣，但他很快就收起不爽的表情，轉而露出笑容。

——不，這樣反而更可怕了。

「那、那個，你還沒射對吧？我來幫你口……」

「不必。」楊光用力將賴文善推倒在床上，皮笑肉不笑地抬起他的大腿，「我改變主意了。文善，我今天想要射在這裡。」

他邊說邊用食指貼在賴文善的屁股上，而頭皮發麻的賴文善，也只能接受。

原本他很討厭被內射的，以前跟床伴做的時候也有被要求過，但他一聽到對方有那種念頭，瞬間就連做的興致也沒有，當然也不可能跟對方滾床單。

可是，這句話從楊光口中說出來的時候，他不但沒有反感，反而還變得更興奮，一想到被楊光內射的畫面，就覺得自己好像快要射了。

他紅著臉，看著楊光準備潤滑液和保險套，準備要擴張他的屁股的動作，心裡忍不住開始期待，表情也變得有些奇怪。

楊光撕開保險套之後，回頭看了賴文善一眼，卻反倒被對方的表情嚇到。因為賴文善渾身顫抖地躺在床上，就像是很期待似的，流出滿滿的前列腺液。

楊光用力嚥口水，再次因為他，陰莖痛到快要爆炸。

「文善，你是打算讓我把你操到下不了床嗎？」

「嗯……好、好啊……」

賴文善將腰向上挺起，自己抓住大腿，將屁股展現在楊光的眼前。

看著小穴一張一闔，滿懷期待的模樣，楊光把原本想要套在手指上的保險套轉而套在自己的陰莖上，速度飛快地抓住賴文善的腰，一口氣插進去。

「——啊！」

腹部瞬間被擠壓，像是要缺氧一樣，讓賴文善差點沒暈過去。

腫脹感和些許的疼痛，讓他可以清楚感受到楊光插進來的事實。

看著楊光壓在自己身上，強忍著不要立刻開始粗魯地進行抽插行為而忍耐的表情，傻呼呼地笑著。

「楊光呀，好舒服……」

他感覺到楊光地陰莖在他的屁股裡面抽動了一下，就像是在用他的反應來回應自己，實在可愛到讓人受不了。

不知道是不是因為天天都做的關係，即便沒有擴張，他也能夠好好地把楊光的陰莖吃進去。

「不是說要內射嗎，怎麼還戴套？」

「你裡面還那麼乾，得先用保險套上的潤滑液讓你先適應。」楊光抬起頭，原本已經變得有些黯淡的瞳孔光芒，變得閃閃發亮。

賴文善看著他的眼睛，就算不用問也能知道，這男人在插進他屁股裡的瞬間就射了。

「呵呵呵。」

「別笑。」

楊光知道賴文善肯定察覺出來了，反而有些尷尬。

他抓著賴文善的小腿，挺直腰桿跪坐在床上，欣賞賴文善被他插著還能露出傻笑的姿態，默默把自己的陰莖從他的屁股裡拔出來。

「我今天要做很多次。」楊光噘著嘴，邊碎念邊把射滿精液的保險套綁好，扔進垃圾桶裡。

賴文善知道他是因為自己插進去就射而感到不好意思，才會用生氣的表情來掩飾害臊，笑嘻嘻地回答：「可以啊。」

楊光哼了一聲，把保險套盒子遠遠扔飛。

「就照你說的，接下來我都不會帶套，如你所願，把你內射到滿出來為止。」

賴文善知道楊光不是在開玩笑，終於感受到危險的他，笑容一僵，冷汗直冒。

「不、不是，沒必要做到那種份上吧？」

「你答應過的。」

「我是有允許你內射沒錯，但沒說要你射爆我的肚子。」

「我會清理乾淨，不會讓你肚子痛。」

「不是，才不是那種問……啊！」

楊光不打算再聽他抱怨，抓住賴文善的腰，強行把他往下拉到自己面前，讓他的屁股緊緊貼在自己重新勃起的陰莖上，紅著臉露出笑容。

賴文善感到毛骨悚然，現在的楊光看起來跟變態一樣。

他開始後悔了，早知道就不該隨隨便便答應楊光的要求。

「準備好了嗎？」楊光燦爛一笑。

賴文善寒毛直豎，連回答的機會都沒有，就被楊光強制開始進行第二輪。

在。

森林裡，半透明的條紋在樹葉中穿梭，牠踏著緩慢優雅的步伐，像是在跳舞般自由自在。

牠來到一處空曠的草地，草地擺放著雪白色的桌椅，鋪著被鮮血浸溼的桌巾，桌上擺放的，則是被支解、凌亂的人體組織。

每個座椅面前都有一個大盤子，盤子裡放置著還在流血的頭顱，有些眼珠子甚至還在微微抽動，看起來就像是還留有半口氣一樣。但是，當沾著鮮奶油的刀具垂直插入那顆腦袋後，眼珠子就再也沒有任何動靜。

體型有些肥胖的長毛貓從樹枝跳下來，咚咚兩聲，乾淨俐落地站在桌上。

餐桌旁有像是沒有脊椎、隨意搖晃腦袋的兔子、窩在破爛茶壺裡的老鼠、藏在影子裡移動的蜥蜴，與之前賴文善曾經遇過的雙胞胎。

被玫瑰與荊棘圍繞的高頂帽，操控荊棘捆住刀柄，慢慢把插入頭顱裡的刀具拔出來。

"Alice can't wake up."

高頂帽裡傳來十分沙啞的聲音。

骨瘦如柴的手指抓住帽沿，慢慢地以不規則的姿態扭曲身體，從高頂帽裡鑽出來。

那是名皮膚白皙、滿是皺紋的老女人。

她的身軀瘦弱，卻穿著不符合身材比例的禮裙，禮裙並不是「穿」在她的身上，而是被她用鐵鍊強行與自己的身體捆在一起。

裙襬用大量的玫瑰花裝飾，花瓣沾滿紅色液體，隱約能看得出來它原本並非紅色，而是跟老女人的肌膚同樣蒼白的顏色。

"Sanctions."

老女人僅僅只說了一個單字，餐桌周圍所有的目光就全部集中在她身上。

接著，牠們發出尖銳的恥笑聲，呀哈哈地敲破餐具，瘋癲地在桌面跳舞，甚至互相毆打，開始動手破壞人體殘肢。

"Sanctions! Sanctions! Sanctions!"

牠們愉快地重複著老女人說的話，越來越興奮、越來越控制不住。

瘋狂的茶話會，瘋狂的「角色」們，還有這個瘋狂到永遠無法恢復正常的世界。

這個瞬間，牠們全部鎖定一個目標，而且很清楚自己應該怎麼做。

然而，牠們開心的叫喊聲並沒有持續太長時間，很快就被從森林深處傳出的哀鳴聲覆蓋。

那個聲音比牠們的笑聲還要響亮，存在感爆棚，就像是在向這個該死的世界做出宣告——牠們要來了。

「角色」們鴉雀無聲，只剩下骨瘦如柴的老女人緩緩抬起頭。

她像是知道聲音的來源是什麼，也知道它們的目的。

僵硬的臉龐，露出微微笑容。

"Alice Dodgson."

喀喀喀。

她發出讓人不快的笑聲。

「角色」們再次將視線聚集在她身上，看著她用尖銳的指尖向牠們下達指令後，默契十足地消失在餐桌周圍。

老女人愉悅地哼著歌，歌詞裡三句不離「愛麗絲」的名字。她慢慢爬回高頂帽，裡面彷彿是深不見底的坑洞，不時還能聽見她哼歌的回音。

Chapter 02「A」

從陣營戰過去一個月後的某天開始，「A」尖叫的次數開始變得越來越多，間隔也越來越短，過去是四五天一次，再來是兩天，最後終於是在二十四小時內循環。

能力者開始感到不安，因為「A」的強烈存在感，每天都讓人無法安眠，即便沒有危險找上門來，但這份不安仍在每個人的心中慢慢擴大。

恐懼、猜疑，在這世界如同呼吸般存在的情緒，形成巨大的壓力。

申宇民知道其他陣營最近也在調查「A」，但他們所掌握的情報，肯定沒有他們多，所以白兔和柴郡貓的首領才會傳訊息給他和秦睿。

這是正確的選擇，只不過，申宇民並不打算和其他陣營的人扯上關係。

光是紅心騎士老是以「保護愛麗絲」為藉口，賴在陣營裡不走這點，就已經讓他夠煩悶的了，他不想再徒增煩惱。

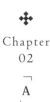

「喂，你幹嘛不回那兩個人的訊息？」

秦睿甩著手機，站在申宇民面前質問他。

原本在思考這些事情，而感到心情煩悶的申宇民，在看到秦睿之後心花朵朵開，忍不住湊上去抱住他的腰撒嬌。秦睿無言地任由這隻黑色大狗磨蹭自己，拿著手機的手空虛地在空中輕輕晃動。

「……聽人說話啊你。」

「我有在聽，只要是哥說的我一個字都不會漏掉。」申宇民嘆口氣，把下巴扣在秦睿的肩膀上，心情不悅地抱怨：「你幹嘛不理河正輝他們？」

「河正輝本來就不是什麼好東西，另外那個傢伙眼睛太小我不喜歡。」

「你要是今晚還想跟我睡在同張床上的話，就給我好好回答。」

耳邊傳來申宇民不滿的咂嘴聲。

他就算被所有人討厭、憎恨都無所謂，但只有秦睿不可以。

「我不想跟其他陣營的人合作。」

「是因為三月兔和瘋帽的關係？」

「不只是這樣，是我覺得跟他們合作沒有什麼幫助。」

「嗯——」秦睿盯著手機螢幕，稍作思考後，選擇接受申宇民的解釋，「好吧！那就不管他們。」

「咦？」申宇民眨眨眼，對他的反應感到意外。

換作是之前的話，秦睿應該會要求他跟其他陣營的首領打好關係才對。

看著申宇民一臉呆傻的模樣，秦睿伸手摸摸他的頭。

「我也不是沒有在提防他們好嗎？別把我當傻子。」

「是因為我的關係？」

「一半一半。」秦睿摸著下巴思索，「這段時間我特別留意了一下其他陣營的動靜，白兔雖然人數增加，行動次數也變多不少，不過柴郡貓倒是安靜得有點奇怪。按照河正輝的個性，應該不會過得這麼安逸才對。」

「哥是在懷疑河正輝嗎？」

「也說不上什麼懷疑，只是單純不太想插手，畢竟我們還有其他事情得做。」

聽到他這麼說，申宇民突然彎起眼，笑得很開心。

「『其他事情』是指跟我一起做的那些事？」

早料到申宇民腦袋瓜裡在想這種是的秦睿，紅著臉推開他。

「別胡鬧。」

「哼……」

「我知道他們兩個是想知道『A』最近狀態異變的事，說實在話，我覺得他們不要知道太多比較好。」

「……知道了，『A』就由我來處理。」

「不可以，那樣太危險。」秦睿輕拍他的臉頰，「而且這件事……必須讓文善他們去做，我們只要像之前那樣提供輔助就好。」

剛說完沒多久，「A」的尖銳叫聲再次從森林深處傳來。

惱人的叫聲讓人心情糟糕到極點，申宇民皺緊眉頭，雙手遮住秦睿的耳朵，直到外面安靜下來為止。

「真想現在就去殺了那些該死的怪物。」

秦睿知道他說到做到，苦笑著輕拍他放在自己耳朵上的手背，示意他把手放下來，無奈聳肩。

叮咚一聲，手機傳來訊息提示音。

秦睿看了一眼傳訊息過來的人是誰之後，勾起嘴角。

「嗯，也該差不多了。」他順勢牽起申宇民的手，拉著他往外走。

被秦睿牽著讓申宇民心情很好，雖然不知道他要帶自己去哪裡，但就算是要去地獄深處，他也心甘情願。

然而，事實跟他想得稍微有點不同。

秦睿急匆匆把他拉出房間的原因，是因為收到賴文善的聯絡。

賴文善跟楊光兩個人今天去「A」所在的森林調查，因為賴文善老說自己覺得「A」的尖叫聲裡好像有人在低語的聲音，但是除他之外沒有人聽見，所以才想說要親自去一趟。

當然，他完全不擔心賴文善的人身安全，畢竟他很清楚這個男人的能力有多強。

剛和賴文善面對面，申宇民的臉就整個糾結在一起，就像是看到極度厭惡的對象，非常不高興。

當然，賴文善也不怎麼想見到他。

「文善，你們回來啦？」

與申宇民的態度完全相反，秦睿很高興能夠看見他們。

說實在話，他很高興能夠見到申宇民之外的人，就連他自己陣營裡的夥伴，想見他一面也很有難度。

他不想批評過度保護的申宇民，畢竟現在他的情況，確實滿容易被盯上的。

就像初次和申宇民見面的那天一樣。

「情況怎麼樣？」

「嗯……不太好。」

賴文善冷汗直冒，像是在猶豫要不要跟他說實話，但剛回答完之後沒多久，賴文善就改變了主意。

他先是嘆一口氣，「數量增加了。」

「……什麼？」

「好像全世界的『A』都聚集到那座森林裡一樣，數量多到讓人頭皮發麻的程度。」

他們並不清楚「A」的總數量，也沒有那個心思去計算，能從那個怪物面前活下來就已經很不錯了，誰還有那種餘力？

但是讓秦睿在意的並不是數量，而是賴文善的回答。

「你是怎麼知道的？」

賴文善沒打算隱瞞，坦白回答：「當然是親眼看見的。」

「這樣的話就要距離它們很近才行。」

「我知道你在想什麼。」賴文善搔搔頭，移開視線，「我是在保持安全距離的前提下觀察『A』，不用擔心。而且它們的數量已經多到就算距離很遠，也能看得見的程度，所以我們並沒有做什麼讓你擔心的事。」

秦睿朝楊光看了一眼，見他點頭擔保賴文善說的是事實後，才不再追究。

「正好我也有些話想要跟你說，是關於『A』沒有攻擊你的原因。」

「總算要開始處理那些怪物了嗎？」

「對，不能再繼續放任下去。雖然它們現在看起來沒有什麼威脅性，但聲音卻搞得人心惶惶，要是不處理的話可能會變得更糟糕。」

「聽你的口氣，完全是要我去處理的樣子。」

「因為能接近它們的只有你。」

秦睿說完，轉頭向申宇民提出要求：「我需要單獨談話的空間。」

申宇民立刻就明白他的意思，抬起手，打了個響指。

唰地一聲，大面積的影子像個罩子般，覆蓋在四個人的頭頂，接合處與地面緊貼，密不透風。

影子裡的空間安靜到能夠聽見彼此的呼吸聲，視線還沒習慣黑暗，就有微弱的光線從影子裡滲透進來。

「我把這裡跟外面的聲音隔絕開來，從現在開始，沒有人能夠聽見我們說的話。」申宇民說完後，像是要討獎賞般，頻頻看向秦睿。

秦睿推開他湊過來的臉，一開口就直奔重點：「文善，那些『A』就是過去的愛麗絲們，它們和你一樣都是曾被這個世界選上的能力者。」

秦睿還以為賴文善在聽到這句話之後，會有些害怕，意外的是，他僅僅只有遲疑短短幾秒，隨後就用堅定的神情與他相望。

「因為我也是『愛麗絲』，所以才沒有攻擊我？」

「應該是的。」

賴文善頭痛萬分地扶額，一旁的楊光倒是有點緊張，忍不住開口：「你是說『愛麗絲』死亡後就會變成那種怪物？」

「對。」

「怎麼會……」

「我當初知道這個情報的時候，也很意外。先不管它們原本是什麼，現在『A』會做出反常行為，十之八九跟『角色』脫離不了關係。」

「啊，果然你也是這樣認為。」賴文善眨眨眼，與秦睿的想法差不多，「『角色』既然會針對『愛麗絲』的話，那麼『A』突然聚集的原因，也很有可能跟牠們有關，而且照你們說的，它們通常都是單獨行動，但如果有共同的敵人，聯合起來也不是沒有可能。這就是生物的天性，不是想辦法自保，就是靠團體戰來面對敵人。」

聽了賴文善的話之後，秦睿陷入思考。

不得不承認，他的觀點很有趣，是因為同為「愛麗絲」嗎？聽起來似乎很有道理，不會讓人覺得奇怪。

「『角色』討厭『愛麗絲』，而那些『A』如果也是『愛麗絲』的話，就會成為牠們的目標之一。」

「可是我過去從沒見過『A』主動攻擊『角色』，我還以為那些怪物不在乎。」

「因為沒有必要。」賴文善以肯定的口氣回答：「之前它們沒有出現異樣，所以『角色』們對它們沒有興趣，但現在因為我的關係而產生變數，『角色』們不會置之不理。」

「……所以，你有什麼打算？」

賴文善摸著下巴，將頭稍稍往旁邊一歪。

「我考慮把『A』納為戰力。」

他大膽的計畫，把秦睿和楊光嚇得不輕，就連總是表現出沒興趣態度的申宇民，也微微張嘴，把說出這句話的賴文善當成比他還瘋的瘋子。

「你在說什麼啊！」完全沒聽過這件事的楊光，嚇得臉色鐵青，急忙抓住賴文善的手臂，拚命搖晃，「文、文善！這樣太危險，你絕對不可……我不准你亂來！」

「別搖那麼大力，我快吐了。」

賴文善根本沒辦法反抗楊光的蠻力，就像是在搭雲霄飛車一樣，前後搖晃。

「你們別把這件事看得那麼嚴重，我也沒蠢到會拿自己的性命開玩笑。」

秦睿冒冷汗，哈哈苦笑。

他身邊的人怎麼一個比一個還瘋？就連原本以為想法最正常的賴文善，也開始變得不太正常。

「你打算怎麼做？」

「嗯……先從生態觀察開始？」

「生、什麼？」

看著賴文善露出神祕的微笑，秦睿心中不祥的預感，漸漸轉變成不安。

／

賴文善能聽見「A」的聲音，更正確來說，是說話聲。

他帶著楊光去偷窺那些怪物，是想要近距離確認一件事——他是不是能聽得懂「A」說的話。

在這個空間中，他是最接近這群「A」的能力者，若拿陣營來舉例的話，他跟這些「A」無疑就是「愛麗絲」陣營。

他雖然想像過這個畫面有多好笑，但在聽到秦睿說過的話之後，他完全笑不出來。因為這些「A」就是未來的他。

賴文善再怎麼說也只是個普通人，對於自己的死亡理所當然會感到恐懼，但，就跟楊光以及其他能力者一樣，他能夠明確感覺到自己正在產生「改變」。

這份渾身不舒服的感覺，並不是指外貌或是能力上的變化，而是像有團灰黑色的陰影，正在從腹部慢慢擴大，逐步侵略這具身軀。

現在他可以理解，為什麼楊光他們的精神會變得不正常。

道理很簡單，適者生存。

為了活下去，生物會無意識地讓自己的身體符合環境，如此便更能容易生存。

只不過通常這種變化，是需要經年累月，很長一段時間才會產生明顯的改變，但他不過才來到這裡幾個月而已，就已經開始明確感受到自身的不同。

把「A」納為戰力。是原本的他絕對不可能說出口的提議，坦白說，他對於能夠面不改色向秦睿他們說出口的自己，感到害怕。

賴文善看著自己微微顫抖的雙手，抿唇冒汗。

不能再這樣下去，他不可以被這個世界影響。

如果連他都瘋掉的話，誰來保護楊光？

能讓賴文善持續保有清醒的腦袋與理智的人，只有帶楊光離開這裡的那分執著，現在的他可以理解楊光最初在遇到他的時候，為什麼會對他如此執著。

「這該死的鬼地方……」

賴文善緊閉雙眼，雙手握緊成拳頭，慢慢讓顫抖停下來。

當他再次睜開眼的時候，壓在心頭上的不安已經被他徹底拋開。

在申宇民的允許下，他能夠自由進出據點，雖然偶而還是會被其他能力者投以令人不快的目光，但賴文善不是很在乎這點小事。

「文善。」楊光背著外出用背包，笑盈盈地看著他，向他伸出手。

賴文善一見到楊光的笑容，嘴角就不自覺地上揚，把自己的手交給他，與他十指相扣。

「好久沒有兩個人一起行動了。」

似乎是因為沒有其他礙事的傢伙在，楊光的心情好到起飛，帥哥光環也變得比平常還要閃耀。

他們經過大廳的時候，不少人都在盯著楊光看，讓賴文善切身感受到，這個男人似乎變得比之前還要受歡迎。

不過幸好，他們從今天開始就要暫時告別「智蟲」的據點，進入「A」聚集的森林裡一段時間。

雖然能力者們對於「愛麗絲」的存在相當重視，不過在經過陣營戰之後，開始有能力者對於「愛麗絲」產生懷疑。

因為賴文善跟過去的「愛麗絲」相比，不但能力強大，甚至還有像是特殊待遇一樣的狀況發生，即便他們無法違抗首領的命令，但仍沒辦法再把「愛麗絲」視為需要保護的對象。

賴文善不是不能理解其他人的想法，換做是他，也會懷疑自己。

不過，他沒有時間去處理能力者之間的人際關係問題，也沒想過要去討好其他能力者，畢竟他無法確定自己的理智什麼時候會崩盤。

「文善，你沒事吧？」

離開「智蟲」的據點後，楊光才擔憂地問出口。

他看起來有些氣憤，但更多的是對賴文善的關心。

賴文善笑著聳肩，「沒差啦，就讓那些人去胡思亂想，我不想浪費時間解釋。如果其他人把我當成怪物的話也沒關係，反正我本來就不是個擅長交朋友的人。」

「我也只要有文善就好……」

「說什麼呢，你這個交談三秒就能跟對方成為朋友的傢伙。」

賴文善用手指夾住楊光的鼻梁，要他別再睜眼說瞎話。

如果是想安慰他，就應該用其他方式才對，例如接吻。

楊光眨眨眼，看著賴文善一副沒什麼大不了的態度，突然覺得他坦然的模樣很可愛，便把臉湊近，從他柔軟的嘴唇上奪走一個吻。

啾。

蜻蜓點水、如胡鬧般的吻，讓賴文善愣了下。

他眨眨眼，看向紅著臉頰的楊光，撫摸自己的嘴唇。

「……你是不是知道我剛才在想什麼，才突然親我的？」

「因為你的表情就像是在跟我說，你想接吻，所以我才這麼做。」

「楊光……我還以為你是個天然呆，沒想到這麼會撩。」

「欸？」意料之外的反應，讓楊光傻眼，恐慌地冒冷汗，急忙辯解：「不、不是！我我我絕對不是文善你想的那種花心蘿蔔！」

看到他這麼慌張，賴文善反而覺得滿有趣的，不過要是再讓楊光繼續會錯意的話，可能會變得很麻煩，所以賴文善拽住他的衣領，把人拉到自己面前，以吻回應他剛才的吻。不過，他並不是只打算接吻而已，還伸出舌頭舔拭他的嘴唇。

感覺到楊光震了一下身體，賴文善才提眸與他四目相交，調皮地笑道：「我們趕快去森林吧，再繼續這樣下去，才剛離開據點沒幾秒，我們就得打道回府。」

說完，他鬆開手，輕拍被他抓皺的領口，牽著還沒回過神來的楊光走進森林。

／

『……（雜訊聲）』

『……（雜訊聲）』

一進入森林，賴文善就聽見耳熟的細語聲。因為這段時間以來每天都能聽見，所以賴文善很快就認出那是「A」的說話聲，不過還是跟之前一樣，聽得不是很清楚。

彷彿嘴裡含著貢丸說話，可以聽得出語言類型，但無法得知內容，偶而甚至還會出現雜訊聲，就像是聽著收訊不良的收音機，不管轉到哪個頻道都沒辦法聽見訊息。

這種感覺讓人很難受。

賴文善皺著眉頭，心情糟糕透頂，每當這個時候，楊光就會握住他的手，心中的煩悶感也會因此消失。

他和楊光在森林裡找到一棟只有五層樓的電梯公寓，這樣的建築跟周圍的森林非常不搭，但對他們兩個人來說卻是件幸運的事。

不過，外面看似漂亮、乾淨的公寓，裡面卻是一團亂。

大量的血跡、處處可見的人體組織與殘骸，很顯然這棟公寓之前住的人，全都黏在牆壁與地板上。

他們仔細搜索一遍，確定沒有其他活著的人之後，挑了個相較之下還算乾淨的房間住下來。

賴文善的能力其實不僅僅在攻擊與防禦上能夠展現出強大的效果，就連在清理屍體與血跡斑斑的現場，也能夠發揮不錯的功效。

所有沾著鮮血的物體，他都可以利用自己的能力，全部聚集起來後一口氣甩出窗外，他就是用這個方式把這看起來跟凶宅沒什麼不同的公寓整理乾淨。

「這讓我想起我們之前住過的那棟高級公寓。」

楊光邊確認屋內物資，邊懷念地聊起這件事。

但那段時光對賴文善來說，並不是多值得留念的回憶。

「你是說偷襲我，強迫啟動我的能力，連一句話都不聽我說，自己一個人逃出去躲在『睡鼠』據點的那段時間嗎？」

原本只是隨口提起這件事的楊光，冷汗直冒，就像是剛淋雨回到家，看起來相當狼狽。

無法反駁的他只能道歉：「……對不起，我不該提的。」

賴文善雙手環胸，站在他身後。

他知道楊光總是對自己有所愧疚，也清楚他是為了保護自己才做出這樣的選擇，所以並不怪他。

賴文善向後轉，直接躺在彎腰整理背包的楊光背上，慵懶地說：「沒事啦！反正我也很喜歡那段時間，原本我很討厭跟別人合住，但跟你的話，完全沒有討厭的感覺，倒不如說想一直住下去。」

「那，等我們離開這裡之後，要不要一起住？」

「才剛交往就邀請戀人同居？你出手都這麼快的嗎？」

「反正我不打算跟你分開。」

「……知道了，我會認真考慮。」

「欸，居然不是馬上答應。」

「你真麻煩。」

賴文善垮下臉來，楊光的態度完全就是想要他現在就點頭答應。

更麻煩的是，他一點都不討厭，倒不如說有點高興。

忽然，森林裡又傳來「A」的尖叫聲，打斷兩人輕鬆的交談時光。

賴文善轉身趴在楊光背上，楊光順勢把他背起來，靠近窗邊。

傳出聲音的方向，可以清楚看到「A」的身影，狀況和過去沒什麼不同，只是因為距離比較近的關係，耳膜被震得有點不太舒服。

『滋滋……滋……』

電視機突然在沒有開啟的狀態下，發出像是漏電一樣的聲響。

對楊光來說，電視機跟壞掉了差不多，但賴文善卻在聽見電視機裡傳出的聲音後，吃驚不已，不由得瞪大雙眼盯著它看。

『……要……保護……』

『絕對不能……Original 必須要……』

前幾句話聽起來很難判別清楚意思，但最後一句，賴文善卻聽得清清楚楚。

——**『Original 必須要由 Alice Dodgson 親手摧毀。』**

跟他聽到的語言一樣。

過去賴文善所遇到的所有輕聲細語，以及顯現在眼前的金色文字，全部都是由英文句子組成，然而當他意識到「A」似乎在說中文的時候，就開始產生好奇心，因為這是過去從未發生過的狀況。

也許是長時間待在「A」附近的關係，也或許是頻率正好對上，它們的尖叫聲碰巧透過這臺電視機清楚傳遞到他的耳中。

「Alice Dodgson……」賴文善複頌這個聽過無數次的名字，始終沒辦法確定為什麼「A」和「智蟲」總是用這個名字叫他。

他對《愛麗絲夢遊仙境》的原著並沒有什麼研究，關於這本書，他所知到的訊息其實也跟大部分的人差不多。

「楊光，關於你《愛麗絲夢遊仙境》這個故事，你知道多少？」

「這麼突然？」楊光不太懂賴文善怎麼會突然問，但還是乖乖回答：「我知道作者叫做道奇森（Dodgson），還有就是這部作品是他以交情很好的小女孩為主角而創作的故事。」

賴文善意外地眨眼：「你知道的還挺多的嘛！」

「我有個朋友喝醉後總喜歡抓著人聊天，或是分享自己的冷知識，這是我聽他說的。」

「這種情況下你還能記得住，真強……」

「我記憶力好嘛。」

「不過，幫大忙了。」

「真的嗎？」

「嗯，我本來就很好奇為什麼『智蟲』老用『道奇森』這個名字叫我，看來是把我視為作者，但又冠上主角愛麗絲的名字的話……看來擁有這個名字的能力者，應該就是『正確』的人。」

「你的意思是，過去的『愛麗絲』都是假貨？」

「很有可能是『Original』自行選擇的主角吧，我現在也不確定它是怎麼判定的，總之從各種情況來看，我應該是最後一個『愛麗絲』。」

如果他想得沒錯，「愛麗絲」應該是由「Original」從能力者之中挑選出來的，過去一直沒有給前幾任「愛麗絲」冠上作者的姓氏，估計是因為風險太高。

「該不會，被冠上姓氏的原因，是因為『Original』判斷現任『愛麗絲』的能力強大到足以能夠贏過『角色』們？」

賴文善看著說出自己想法的楊光，無奈苦笑。

「一瞬間我還以為我把自己想的話說出來了呢。」

楊光的理解力果然很強，他不過是問了一點情報，他就能自行推敲出來。

但，他確實說得沒錯。

「Original」選擇他的理由，是因為他能夠對抗「角色」，也就是說他現在是這個世界裡最危險的「角色」們的首要追殺目標。

「說起來，我有點好奇為什麼柴郡貓牠們總是想要追殺『愛麗絲』，不論過去還是現在，我都覺得牠們的目的好像並不是阻止能力者找到『Original』。」

終於只剩他們兩個人，再加上周圍沒有其他能力者的關係，楊光這才終於能夠安心把藏在心底的疑問說出口。

賴文善將手掌貼在後頸，輕輕扭動脖子，疲憊地嘆了一口氣。

「這只是我的想法……『愛麗絲』在死亡後變成『A』，不就沒再被『角色』們主動針對嗎？所以我在想，死亡這件事對『愛麗絲』來說可能有種類似於損失資格的感覺。要不然的話，就算死去成為『A』，它們本質上仍然是『愛麗絲』，按照這個世界的規則，『A』應該知道『Original』的下落才對。」

「……你這麼說也沒錯。」楊光摸著下巴思考，「文善，你有的時候真的精明到讓我意外。」

才剛掌握「A」就是死去的「愛麗絲」這個新線索沒多久，沒想到賴文善就已經想出這個可能性，他的聰慧與反應力，讓楊光變得更加喜歡他。

賴文善見他只問一個問題就停下來，忍不住歪頭問：「你在想什麼？」

楊光眨眨眼，伸手抱住賴文善，不斷用臉頰磨蹭他的腦袋，故意對他撒嬌。

「我只是在想我好喜歡你哦，文善。」

「呃，突然之間說什麼呢……」

「喜歡你，真的真的超級喜歡。」

他不斷地重複「喜歡」兩個字，讓賴文善害羞不已，臉頰燙到不行。

為了避免尷尬，賴文善輕咳兩聲後接著說：「這段時間，『A』似乎一直想要跟我溝通，不過之前都聽不太清楚，剛才是我第一次清楚聽到它們說中文。」

「之前？」楊光皺緊眉頭，把人推開，以認真、質問的眼神盯著他看，「文善，你剛才說的話是什麼意思？你之前就聽到『A』跟你說話？」

「啊……對。」賴文善原本以為楊光的反應不會這麼大，沒想到他好像生氣了，害他緊張地辯解：「對不起，我怕你會擔心所以沒提，而且我原本以為是我聽錯了，沒有很在意。」

「聽錯的話，你的態度就不會這麼冷靜。文善，別以為我看不出來你在說謊。」

賴文善哈哈苦笑，摳著臉頰挪開視線。

啊哈哈……搞砸了。

「看來你比我想得還要了解我。」

「當然，因為我是你的男朋友。」

楊光一副理直氣壯的樣子，甚至還有點自豪，但對「男朋友」這三個字還不是很習慣的賴文善，卻反而紅著臉頰，感到不知所措。

男朋友這三個字聽起來，不知道為什麼會讓他忍不住嘴角上揚。

「總、總而言之，今天先整理一下住的地方，明天我要去找『A』。」

賴文善的口氣說得很輕鬆，讓楊光覺得這樣的他很可愛，笑呵呵地說：「文善，你聽起來就像是跟它們約好了一樣，又不是剛搬過來要去跟鄰居打聲招呼，那東西可是能力者們怕到不行的怪物，就算你覺得它們對你來說沒有危險，但最好還是對它們有點戒心比較好。」

賴文善原本想說「反正我覺得自己跟『A』沒有什麼不同」這句話，但在聽到楊光說的話之後，便打消這個念頭。

果然是因為他個人的關係，他並不認為自己需要提防它們。

「A」是知道他來到森林，所以才會突然吼叫，因為它們知道自己的語言會透過電子設備翻譯出來。

即便只是斷斷續續、無法正確拼湊起來的單詞，但仍能夠將它們的意圖清楚傳遞給賴文善。

「文善，你應該不會想著趁我不注意的時候，一個人溜去跟它們見面吧？」

「不會的。」賴文善嚇一跳，因為楊光的聲音聽起來有點像是在威脅他。

如果他真的拋下楊光，單獨和「A」見面的話，楊光肯定會氣瘋，很有可能會變得比現在還要黏他。

他可不想變成這樣，所以得多給楊光一點安全感才行。

「我們繼續收拾吧……」

剛撿起掉落在地上的平底鍋，打算拿去廚房放的時候，窗外突然再次傳來「A」的尖叫聲。之前沒有在這麼短的時間內重複聽見它們的聲音，所以賴文善和楊光立刻就意識到事情不太對勁。

電視螢幕的喇叭同樣傳出沙沙沙的雜訊聲，而隱藏在這嘈雜聲音背後的，是非常小聲的怒吼。

『牠們來了。』

賴文善聽見這四個字，立刻就意識到「牠們」指的是什麼東西，迅速往「A」所在的方向看過去。

森林中，火光一閃而逝，隨著爆炸的巨響與風壓，大片的灰霧朝他們所在的電梯公寓吹過來。

「文善！」

楊光衝過去抱住賴文善，壓低身體，將自己的背部作為盾牌保護他。

整棟公寓左右搖晃，就像是經歷小型地震，這種程度恐怕連在不遠處的「智蟲」陣營據點也能感受到。

爆炸並沒有只發生一次，但第一次的卻是影響最大的。

之後零星幾次爆炸和這次相比，沒有什麼大不了的，不過卻讓人感到不安。

森林裡的大樹一棵棵倒下，沒有聽見「A」的聲音，也沒辦法確認它們的狀況，讓賴文善的心裡浮現出不祥的預感。

「有沒有怎麼樣？」

「咳……我、我沒事。」

楊光扶著賴文善起身，賴文善因為灰塵而咳了幾聲，雖然面部扭曲，不太舒服的樣子，但沒有大礙。

此時，電視螢幕又傳來「A」的聲音。

『好痛、到處都好痛。』

『牠們知道了，被發現了。』

賴文善震住身體，冷汗直冒。

看樣子這句話的意思應該是說，「角色」們也已經發現他被賦予作者的姓氏這件事。

這並不讓人意外，畢竟「智蟲」也知道，但為什麼「角色」們當下的選擇是去攻擊「A」而不是來找他？

「楊光，我現在得過去確認發生什麼事。」

「我跟你一起去。」

楊光和賴文善一起離開公寓，沿著大樹倒下的方向跟過去。

一路上他們看到許多怪物的屍體，那些跟過去在便利商店遇到的怪物外型很像，但體型更為嬌小，感覺似乎比較危險。

森林裡的樹並不是被撞倒或折斷的，樹幹上的切口非常平順，就像是被人用銳器一口氣砍斷。

賴文善不打算浪費太多注意力去觀察這些屍體跟樹幹，選擇頭也不回地追逐爆炸，直到完全停止，森林恢復原有的寧靜，才放慢腳步，最後停在被爆炸後的高溫燒毀的土地上。

周圍什麼都沒有，無論是「A」還是「角色」，甚至是一路上看到的怪物屍體也沒見到。

賴文善冷汗直冒，不知道為什麼，他有種丟失東西的感覺。

「沒有……」他張開口，向身旁的楊光投以求助的目光，「楊光，怎麼辦？『A』好像全都死光了。」

楊光不知道該對哪件事情做出反應。是看到賴文善像是失去家人般快要哭出來的表情？還是他就算沒見到發生什麼事，也能感受到「A」的氣息？

一瞬間，他甚至產生錯覺。

眼前的賴文善雖然仍是他喜歡的那個男人，但同時也像是被剝奪身體，讓他感受不到任何一絲呼吸的陌生人。

他慢了幾秒鐘才回過神，急忙上前把賴文善抱進懷裡。

用力地，以把賴文善塞進自己身體裡，永遠都不分開的力道。

「你確定嗎？」

賴文善搖搖頭，沒有回答，但感覺得出他的心情很低沉。

正當楊光打算說些什麼來安慰賴文善的時候，他突然發現自己的手背上不知道什麼時候長了個肉瘤。

「呃！這什麼鬼？」

楊光差點沒被嚇死的原因，並不是肉瘤的出現，而是裡面突然冒出一顆隨時都有可能會掉落的眼球。

『真沒禮貌。』

熟悉的聲音讓賴文善立刻重振精神，急忙抓住楊光的手，瞪著肉瘤看。

「智蟲！這到底是怎麼回事？」

『我會解釋的。』

在智蟲說這句話的同時，楊光和賴文善也同時感覺到周圍散發出危險的氣息。

他們抬起頭，看著慢慢從陰影裡爬出來的怪物群，迅速背貼背，提高警戒。

楊光手背上的肉瘤發出咯咯聲，接著用與牠無關的態度說：『等你們兩個活下來，我們再慢慢聊。』

賴文善一瞬間真的有種想要把肉瘤強行從楊光手背上拽下來的衝動，但他忍住了，因為不知道這樣做會有什麼後果。

「智蟲」肯定是知道，才會選擇寄身在楊光身上，而不是他。

「你這臭蟲……等著吧，我會立刻把牠們全部殺掉。」

賴文善從口袋裡拿出裝著血液的玻璃瓶，用力往地上摔碎。

瓶中的鮮血頂多只有眼藥水瓶的容量，可是賴文善卻利用它製造出數量眾多的利刃，飄浮在他和楊光周圍。

眼裡閃爍銀光的賴文善，輕彈指尖，利刃以最快的速度將出現在他們面前的所有怪物的腦袋砍下來。

一瞬間怪物有移動的念頭，但楊光當然不可能給牠們這個機會。

他在賴文善發動攻擊的同時，利用能力暫停這些怪物們的「時間」，限制行動並讓牠們變成固定靶子，讓賴文善能夠不耗費任何力氣，輕鬆砍下牠們的頭。

在兩人能力的搭配下，二、三十隻小型怪物就這樣花不到一分鐘的時間，全數成為無頭的屍體。

不過，小型怪物似乎還在朝這邊聚集過來。

雖然能輕易斬殺牠們，但數量太多的話，多多少少還是有點棘手。

「……文善。」警覺性高的楊光，早賴文善一步注意到在這群小型怪物後方的視線，出聲喊他的名字並提醒：「好像有更麻煩的傢伙在。」

「嗯。」賴文善朝楊光注視的方向看過去，皺緊眉頭。

小型怪物們並沒有跨過同伴的屍體接近他們，只是靜靜地保持距離觀察。

戴著高頂帽的男人搖搖晃晃地走出來，他的四肢被帶刺的藤蔓緊緊綑綁住，就像是被人用線操縱的人偶。

男人的身體破破爛爛，面無血色，看起來奄奄一息，隨時都有可能斷氣。

他跟其他小怪物一樣沒有靠得太近，將兩人視為威脅，小心翼翼提防。

纏繞在高頂帽上的藤蔓開出白色玫瑰，花朵中心位置出現嫣紅的雙唇，就像是在白色畫布落下紅色顏料，令人在意到不行。

『好久不見，看來你還沒完全腐爛啊，臭蟲。』

嘴唇發出女人的聲音，聲音卻低沉沙啞，無法判別性別。它是對賴文善和楊光說話沒錯，但交談的對象，卻是攀附在楊光手背上的肉團。

『……哈！這句話應該是我要說的吧。』智蟲嗤鼻冷笑，表現出不耐煩的態度，並以熟悉的稱呼，回應對方：『我可是一點都不想見到你們，瘋帽、紅心。』

瘋帽、紅心。

這是連賴文善也知道，在《愛麗絲夢遊仙境》原作中登場的角色名稱，陣營的稱呼也是取自於這兩個角色。

很顯然，眼前這名被荊棘與高頂帽操控的男人，是這兩名「角色」用來跟他們對話的翻譯機。

就像「智蟲」附著在楊光身上，才能使用中文跟他們溝通，對方也一樣。

「角色」與「A」同樣都被《愛麗絲夢遊仙境》限制，因此他們只能使用原作的語言，雖然對他們來說，語言並不是很重要的問題，但如果想要跟「愛麗絲」溝通的話，最好還是要使用能力者能最快聽懂的語言比較方便。

也就是說，這兩名「角色」的目的並不是攻擊他們，而是有話想說。

『你們這群瘋子，又在計劃什麼危險的事？』

先開口詢問的，是肉瘤——也就是「智蟲」，不過他的質問並沒有得到回答。

小型怪物們像是蜘蛛，但身形卻像是蜥蜴，牠們沒有眼睛，頭部僅僅只有長滿尖牙利齒的嘴巴，而現在牠們正喀喀喀地發出聲響，像是種警告。

白玫瑰中的嘴唇在沉默一段時間後，再次開口。

『你那麼著急，就表示這個能力者是**正確的**，對吧？』嘴唇漸漸提高音調，就像是發現寶藏般，無法掩飾喜悅，『終於，終於呀！你就是被選上的愛麗絲．道奇森，也就是說，你就是**最後**了。』

賴文善聽不懂它說的話是什麼意思，可以確定的是，情況並不樂觀。

『你們該適可而止，這樣做沒有辦法達成你們想要的結果。』

『哈！臭蟲，叛徒沒有資格向我們提供意見。』

『……你們是真的不懂，還是說全都瘋了。殺死愛麗絲．道奇森，對你們來說沒有任何益處。』

『愛麗絲不能得到它，可悲的軟體生物啊。愛麗絲本來就不該擁有不屬於他的東西。』

『Original 本來就是屬於道奇森的，現在只不過是物歸原主。』

『你到底還要背叛我們到什麼地步？智蟲，你本該是我們之中最睿智的。』

『哈……一群蠢貨，無藥可救。』

似乎是沒能成功說服「角色」們的思想，「智蟲」的語氣聽起來很疲倦。

而賴文善跟楊光則是從牠們交談對話中，聽出一些線索。

「角色」們追殺「愛麗絲」的目的並不是想要阻止能力者離開這裡，而是不想讓「愛麗絲」得到「Original」。

「Original」難道不僅僅只是普通的原稿嗎？

還有為什麼——「角色」們並沒有去選擇尋找「Original」，而是做出殺死可能會拿到它的「愛麗絲」的選擇？

可能性只有兩種。

一是「Original」只有「愛麗絲」能找得到或是只有他能取得，牠們自己找不到；二是牠們並不在乎「Original」的位置，單純想要確保它不會被「愛麗絲」拿走，而對「愛麗絲」進行針對性的追殺。

思考到一半，還來不及得到結論，突然感受到令人寒毛直豎的壓迫感，讓賴文善跟楊光同時驚訝地瞪大雙眼。

男人正在往前走，周圍的小型怪物也開始慢慢縮小包圍圈，朝他們的位置集中過來，不用問也能猜得出牠們想做什麼。

「嘖！」賴文善操控的血刃開始在空中旋轉，準備好隨時開打。

在雙方發動攻擊前一秒，「智蟲」突然大喊：「快閃開！」

龐然大物突然從樹林裡衝出來，那是身材纖細、身穿可愛洋裝的「A」。

而且不是一隻，而是一群。

它們並沒有仔細分辨在場的人是誰，見到人便攻擊，賴文善雖然反應慢半拍，但楊光仍能夠及時保護他、讓他遠離「A」的瘋狂攻擊。

小型怪物們被打飛，比之前還要悽慘。

「A」一把抓起行動遲緩的男人，將他的身體往左右兩側拉扯，斷成兩半後再捏成肉末。

高頂帽在男人被「破壞掉」之前就先鬆脫荊棘逃離，輕巧地掉落在地上，以荊棘作為雙腳移動。

被楊光抱在懷裡，跌坐在地上的賴文善，瞪大眼看著陷入瘋狂的「A」，這是他第一次那麼近看著這些怪物，明明初次見面時的恐懼感還殘留在記憶中，可是不知道為什麼，即便它們就出現在自己面前，但他產生的心情，並不是害怕，而是對這些怪物的憐憫。

調查時，他因為楊光的關係所以總是保持安全距離。楊光的臉上總是流露出些許的恐懼，雖然他想隱藏，但是卻藏得不是很好。

那時賴文善就已經開始懷疑自己是不是變得有點奇怪了，因為他記得自己很怕這些怪物，可是如今他卻一點感覺也沒有。

他並不是因為聽見秦睿說這些「A」就是過去死亡的那些「愛麗絲」，所以才產生這種感覺，而是本能般地知道它們並不是可怕的怪物。

「A」的尖叫聲，聽上去很像是在威嚇，但聽在賴文善的耳裡，卻是痛苦的悲鳴。它們無法死去，只能行屍走肉般地移動腳步，日復一日，年復一年，沒有盡頭。

"Save us."

這是他在近距離看見這些「A」之後，聽到的唯一一句話。

他抬起頭，和剛才扯爛男人身軀的「A」面對面。

它默不作聲，賴文善也只是靜靜地與它對望，沒過多久它便繼續去攻擊周圍其他的小型怪物，無視賴文善與楊光的存在。

楊光見它們竟然不攻擊過來，嚇了一跳，抱著賴文善的手仍忍不住顫抖。

「文、文善，這是……怎麼回事？」

他沒想到這並不是錯覺，「A」真的沒有攻擊他們！

「它們希望我能拯救它們，所以才保護我。因為我是愛麗絲．道奇森。」

『是的。』「智蟲」開口說道：『被選上成為**愛麗絲**，只是第一要素，第二要素就是必須獲得**道奇森**的姓氏。你是第一個，也是唯一一個，更是最後一個**愛麗絲．道奇森**。』

面對賴文善一點也不驚訝的目光，「智蟲」嘆口氣後，接著說：『別這樣看我，做出這個決定的是**Original**，也就是說，你是被這個世界選擇的主角。』

「文善，你是主角欸……好適合你。」

「別在這種時候插嘴。」

真不知道該說楊光神經大條還是遲鈍，他正在談事情，但楊光卻總是搞錯重點。

『沒錯，你是被選上的。所以你不能活著。』

低沉的聲音，並不是從肉瘤裡傳出來的，而是來自四周圍。

賴文善和楊光嚇了一跳，從「A」衝出來的方向，有許多嬌小的身影。

頸部斷裂、腦袋搖搖欲墜的兔子；神出鬼沒的柴郡貓；以及手裡抓著高頂帽、骨瘦如柴的長髮老女人。

『……哈，出現更麻煩的**角色**了。』肉瘤的語氣聽起來很受不了。

賴文善和楊光慢慢起身，原本想要留意這些「角色」的行動，但他們的面前卻被聚集而來的「A」擋住，形成一面黑色高牆。

「A」面對這些危險人物，發出哈氣聲，就像群護主的大貓。

『把這群傢伙交給它們處理吧，別擔心，它們就算打不贏至少也能拖延時間。』

沒心沒肺的「智蟲」如此說道，但賴文善沒辦法否認，牠說得沒錯。

雖然覺得這麼做有點討人厭，不過賴文善沒有多想，急忙拉著楊光一起離開。

在那之後，他只聽見激烈的打鬥聲，更多樹幹撞擊地面的巨響，以及「A」的尖叫，與迴盪在耳邊，自己的心跳聲。

／

賴文善並不打算把「智蟲」帶回他跟楊光住的房間，所以在回到電梯公寓大樓附近後，仔細確認周圍沒有危險，一把抓起「智蟲」寄生的手，強行將牠從楊光的手背扯下來。

「智蟲」發出從來不曾有過的尖叫聲。

被扯下的肉團很快就融化成爛泥，夾在裡頭的眼球掉在地上，毫無彈性的它就這樣咚咚彈起兩次後，滾到草叢裡去。

賴文善仔細檢查楊光的手背，確認「智蟲」沒有對他做什麼奇怪的事情後，才總算安心下來。

「文善，你這樣對待智蟲會不會太無情了點？」

「是牠自己冒出來，我又沒喊牠。」

「但……牠是來幫我們的吧？」

「我不知道。」賴文善順勢與楊光十指交扣，把身體貼近，歪著頭說：「剛才那些話，牠故意不想讓申宇民聽見，所以我在據點跟牠見面的時候，牠根本沒有提供什麼有用的情報給我。」

「智蟲……在防著申宇民？為什麼？」

「大概是因為那傢伙很危險。」賴文善垂眸，輕輕磨蹭楊光的指縫，「不管怎麼說，我現在總算有點頭緒了。」

「難道說，你知道『Original』在哪？」

「不太確定，我只是懷疑而已。但如果真的跟我想的一樣……楊光，我們可能得單獨行動，最好別跟其他人扯上關係。」

楊光沒想到賴文善會這麼說，有點意外。

「秦睿他們也是？」

「對。」賴文善苦笑道：「雖然我覺得以秦睿的能力，估計就算我們躲起來，他也能把我們找出來。」

「嗯……」楊光沒有否定，垂眸道：「話雖如此，但他應該知道我們想要獨自行動，沒必要的話就不會主動跟我們接觸。」

和秦睿認識的時間雖然不算長，但也足夠明白那個男人的性格。

他緊緊握住賴文善的手，與他貼著額頭。

「從現在開始，我會二十四小時都跟著你，哪都不去。」

「噗哈！說得好像你沒這樣做過似的。」

賴文善忍不住大笑，心裡的不安，稍稍消失一點。

打從聽到「智蟲」說是「Original」選擇了他這句話，以及他是被選上的第一個、唯一一個，也是最後一個「愛麗絲．道奇森」這兩項情報開始，賴文善就猜出「Original」在哪。

看來「Original」也擁有自我意識，所以它可能是生物型態，也有可能是怪物，無論它在哪、變化成什麼模樣，可以確定的是它從來就沒有隱藏起來。

"Intelligent."

金色文字再次出現，因為很久沒有看到它，賴文善有些意外。

現。

「文善？」楊光看到賴文善表情不太對，便順著他的視線看過去，但是卻什麼都沒發

賴文善知道這是只有他才能看得到的，這就代表金色文字主要的溝通對象，是他——

也就是說，用這種方式和他交談的，是「Original」。

"Yes."

就像是回應他腦海裡所想的事，金色文字再次回答。

賴文善不由得冷汗直冒，再一次於腦袋中提問。

——所以你，在哪？

金色文字化成流沙後重新撰寫，這次出現的不是單字，而是人名。

"Alice Dodgson."

隨後，金色流沙將文字打散，離開牆壁飄向賴文善，進入他的身體裡。

像是被他的身體吸收一樣，金色流沙很快就消失不見，賴文善並沒有什麼特別的感

覺，只是覺得有點癢癢的。

他的猜測，因為金色流沙而得到證實。

「我們回去吧。」賴文善頭痛地扶額，「楊光……我想休息……」

「你、你等等！我馬上帶你回去！」

楊光一看到賴文善臉色蒼白，身體不舒服的模樣，立刻把人抱起來，快速跑回房間。

雖然讓楊光擔心有點不太好，可是賴文善現在真的很想昏倒。

他知道「Original」在哪了。

怎麼樣也沒想到，最開始用金色句子跟他溝通的，就是「Original」，他還以為是「智蟲」或是其他「角色」。

無論是現在還是過去，「Original」總是喜歡用隱喻的方式引導他，他曾懷疑過是不是因為不能提示得太明顯，現在看來，「Original」應該是不想被發現身分，才用這種會讓人誤會的方式和他溝通。

他被困在「睡鼠」的夢境中的時候，最先出現的英文句子就是它，也就是說「Original」的能力並不受到任何「角色」限制，如果是這樣的話，那它為什麼還要躲藏起來？

越想頭越疼的賴文善，壓力大到不行，很想就這樣裝做什麼都沒發生。

秦睿還有其他陣營首領，以及能力者們苦心想要得到的「Original」，現在就在他的身體裡面。「Original」透過冠上作者姓氏的方式，來選擇適合的宿主，所以其他沒有姓氏的「愛麗絲」不管死多少都無所謂。

然而，這個世界只有「智蟲」知道「Original」的寄生方式，其他「角色」以及「A」只知道「道奇森」就是「Original」，但並不清楚它藏在哪。

怪不得「智蟲」會那麼容易被能力者抓住並囚禁，因為那裡對牠來說是最安全的地方。他敢打賭，「智蟲」跟申宇民之間肯定有交易關係，以申宇民的個性，應該會直接殺死「智蟲」才對，不可能大費周章把活著的牠囚禁起來，還不讓任何能力者靠近。

因為不願意幫助同為「角色」的其他人，「智蟲」才會被視為叛徒，雖然不清楚牠究竟為什麼會跟其他「角色」不同，但至少可以確定牠不是敵人。

以現在的狀況來說，這樣就足夠了。

看到賴文善一臉困擾的表情，楊光忍不住伸手遮住他的雙眼。

眼前突然變得黑壓壓地，把賴文善嚇一大跳。

「嗚哇！什、什麼？」

「文善啊，別再想其他事情了，這樣下去會容易禿頭哦。」

楊光邊說邊親吻他的臉頰，另一隻手緊緊扣住他的腰，把兩人的下半身貼在一起。

雖然只是碰觸而已，但在看不見的情況下，反而下半身的觸覺變得更敏感了。

他慌慌張張地張嘴，不知所措地哇哇大叫。

賴文善過於可愛的反應，逗得楊光笑出聲來。

「你笑什麼！」

「笑你滑稽。」

「還不都是因為你——哇呀！」

尾音突然拉高，是因為他受到驚嚇。

楊光把手從他的眼睛上面挪開後，反過來抓住他的大腿，將他整個人抱起來。

突然雙腳懸空，沒做好心理準備的賴文善只能臉色鐵青地抱住楊光的脖子。

看著這個調皮的男人笑嘻嘻地，賴文善便狠狠地往他的鼻樑上咬一口。

「啊！痛！」

「哼。」賴文善心滿意足地看著他留下的齒痕，舔舔嘴唇，「誰叫你嘲笑我？」

「是，是我的錯。」楊光苦笑道：「但這樣做可以讓你停止思考那些讓你頭痛的問題，所以對我來說還是挺值得的。」

聽到他這麼說，賴文善才發現頭好像沒有剛才那麼痛了。

原來楊光是想要讓他分心，才故意對他做這些調皮的行為，在理解楊光的目的後，賴文善有些心疼地用食指輕輕撫摸他的鼻梁。

「……我是不是咬得太大力？」

「那，下次換我咬你？」

楊光稍稍將下巴抬高，把賴文善伸過來的食指含在嘴巴裡面，故意發出吸吮聲，勾引著因為他的行為而滿臉通紅的賴文善。

他知道賴文善對這種事很沒抵抗力，雖然有個想法開放、愛做色色事情的戀人是很不錯，但這也讓他開始忌妒起賴文善過去的生活。

他交過幾個男朋友？談過什麼樣的戀愛？初戀對象是什麼樣的人——當他開始在意起這些小事後，問題就自然而然地一個個冒出來。

「呃、別這樣。」

賴文善想把手指拔出來，但是楊光卻更用力地吸住。

兩個人對上眼，一點情人間的氣氛都沒有，反而還有點尷尬。

不懂楊光打算做什麼的賴文善，尷尬地說：「別這樣。」

楊光只是看著他，嘴巴完全沒有要放鬆的意思。

「髒死了！快點把我的手指吐出來！」

「唔唔唔……」

「別含著我的手指說話！」

最後，是賴文善用吃奶的力氣，讓自己的手指頭重獲自由。

沾滿楊光口水的手指溼答答的有點噁心，害他很想罵髒話，但一看到楊光笑嘻嘻的表情，他就忘記生氣的理由，忍不住用力掐他的臉頰。

「心情好點沒？」

「……嗯。」

賴文善垂眸看著為了讓他轉換心情，而用這些奇怪手法轉移注意力的楊光，越來越喜歡，明明他覺得自己已經很喜歡這個男人，但是這分感情卻還在擴大，甚至沒有結束的跡象。

「頭還痛嗎？」

「不痛。」

「那我們回去，我做飯給你吃。」

「楊光，我們在這裡待一晚就走。」

賴文善突如其來的決定，讓楊光驚訝地眨眨眼。

他知道自己這樣很討人厭，畢竟他們才剛決定要暫時住在這裡，但經過剛才的事情，賴文善很確定他們得離開，離那些「角色」和其他能力者越遠越好。

擔心楊光會為此感到不滿的賴文善低著頭，不敢看楊光的表情，直到他聽見楊光的笑聲。

「哈哈哈！好啊，就待一晚。」楊光笑彎雙眸，爽快地說：「我們就像剛遇見彼此那時一樣，當作兩人旅行。只有你跟我，沒有其他人，嘿嘿。」

「你不生我的氣嗎？我們才剛整理好要住的公寓。」

「我怎麼可能為了那種小事生氣，文善，你覺得我是這麼沒肚量的男人？」

「沒、沒有。」賴文善冷汗直冒。

「我喜歡旅行，更喜歡你陪我一起。不管你要去哪、做什麼事，只要你帶著我，不要丟下我離開，那麼我就不會生氣。」

「我答應你……絕對不會丟下你，會一直跟你在一起的。」

「嗯，我們約好了。」

楊光抱著賴文善一步步踏上樓梯，穿過鮮血淋淋的樓梯間，回到放著他們隨身物品的房間。

門尚未關閉前，還能聽見兩人呵呵笑的聲音，隨著門縫越來越小，嬉笑聲變成了沉默，最後只剩下嘴唇磨蹭的啾啾聲。

他們暫時拋開那些惱人的問題，以疼愛自己的戀人列為最優先事項。

雖然找出口也很重要，但，和戀人卿卿我我的時間也很重要。

／

『Original 必須要由 Alice Dodgson 親手摧毀。』

賴文善仍然記得「A」說過的話，在確定「Original」就在自己身體裡之後，這句話成為讓他害怕的預言。

摧毀的意思，就算不用多做解釋也能明白，重點是要怎麼做。

他不認為自殺之類的行為就能毀掉「Original」，原因很簡單，因為「Original」只是在他體內定居，並不是跟他融為一體，而且他不認為「Original」會傻到自投羅網，所以他很確定需要使用其他方式來執行。

再說，他的未來規畫中也沒有死亡這個選項。

秦睿給他的資料，沒有提到這方面的事，但不知道是不是因為「Original」在自己身體裡的關係，他覺得自己的腦袋偶而會被灌輸不屬於他的知識。

就像他現在突然搞懂他接下來應該要做什麼事情一樣。

他沒有把自己大腦受到「Original」影響的事情告訴楊光，一方面是怕他擔心，另一方面是他覺得這件事最好不要說出來比較好。

離開森林後，楊光什麼也沒說，只是乖乖跟著他走。

無論他去哪裡，楊光總是會跟著他，就連上個廁所他也要站在自己背後，雖然他覺得自己越來越沒有隱私，但是在這個世界裡，這樣做卻反倒能讓人心安。

畢竟誰也不曉得，什麼時候會出現怪物，僅僅只需要一瞬間，他們的性命就會被奪走，所以最好待在能看見彼此的位置比較好。

「我們要去哪？」楊光一手牽著賴文善，一手拿著手機確認他們目前的位置，以及周遭的情況。

不知道是不是因為能力者人數減少的關係，附近都沒有能力者的位置標記，也沒有遇到誤闖這個世界的新人。

手機地圖無法縮放，所以他們只能確認所在位置周圍的標記，他們並沒有刻意繞開其他能力者，但很明顯的——其他能力者在外面逗留的時間以及活動範圍，變得沒有之前那麼有餘裕。

可以理解，畢竟「A」整天亂吼，怪物們的行為也變得和過去不同，最重要的是「角色」開始行動了。牠們不像過去那樣，只做些像是調皮搗蛋般的騷擾行為，而是真的想要「愛麗絲」的命。

雖然對「角色」來說，「愛麗絲」之外的能力者一點也不重要，可是如果牠們打算發動總攻勢的話，那麼最優先考慮的就是減少能力者的人數。

只要保護「愛麗絲」的能力者減少，就會增加牠們的優勢。

為此，能力者的處境變得比過去還要危險。

賴文善曾收到白兔首領和柴郡貓首領的私人訊息，他跟秦睿一樣，選擇已讀不回，這樣的行為雖然可能會讓對方不滿，但賴文善並不打算聽他們說話。

就算白兔和柴郡貓陣營沒有參與三月兔與瘋帽的計畫，他也沒打算跟這些人合作。跟他們相比，純粹忠誠於「愛麗絲」的紅心騎士還好一點，只不過那個陣營的人，想法都有點奇怪。

與其說是保鑣，不如說他們有點像是「愛麗絲」的狂熱粉絲。

紅心騎士不會干涉他的生活，絕非必要也不會跟他接觸，一直保持著讓人順心、不會覺得厭煩的距離，也從來不會向他提問。

他們似乎認為能力者就是為了保護「愛麗絲」而存在，並以此作為活下去的目標，不知道是不是因為這個觀念，「紅心騎士」的人都有些許的偏執性格。

「文善？」

提問許久的楊光，沒聽見賴文善的回答，便停下腳步看著他。

賴文善回過神，勾起嘴角輕笑。

「抱歉，我在想事情。」

楊光不滿地皺緊眉頭，「不是說好別再這樣做了嗎？」

「是我不對。」賴文善冷汗直冒，急忙向又開始擔心自己的楊光道歉。

昨天發生太多事情，導致他的頭痛到不行，要不是有楊光照顧他、把他摟在懷裡，恐怕他會因為失眠而難受。

出發前楊光甚至顧慮他的精神狀況不好，只有靠幫彼此打手槍的方式啟動能力，沒有半點怨言，總是以他為優先，讓賴文善過意不去。

他知道自己是個麻煩，如果沒有楊光陪著他，而是只有他自己一個人遭遇這些事情的話，他肯定會不知道該如何是好。

現在想想，他似乎比想像中還要依賴楊光。

「這附近你熟嗎？」

「算熟。」楊光聽到他這麼問之後，歪頭道：「你是想讓我決定前進路線？」

「嗯，我覺得這個交給你來決定比較好。而且我討厭總是由我來決定事情，我們是兩個人一起行動嘛！」

「這樣的話，要不就往三月兔的據點方向移動，現在那附近應該沒人，而且也不會有能力者想要靠近。」

「三月兔啊……」賴文善想了想之後，點頭同意，「那就聽你的，過去看看狀況。我也很好奇那邊現在變成什麼樣子。」

因為只有聽秦睿他們提起過，而沒有親眼目睹，所以賴文善也有點好奇現在那些地方變成什麼模樣。

決定好目的地之後，楊光就帶著賴文善往三月兔的據點前進。

剛開始聽楊光說不是很遠，所以賴文善沒有多想，結果沒想到他們兩個人竟然就這樣走了整整一個小時的路。

雖然不是說累到走不動的程度，但賴文善也已經滿頭大汗，實在沒有繼續走路的欲望。

「不、不是說很近嗎？」

「很近啊，你看，就在前面而已。」

與汗流浹背的賴文善不同，楊光倒是臉不紅氣不喘的。

體力差距在此時此刻明確地表現出來，讓賴文善覺得自己好像被楊光欺負了。

「你十分鐘前也是這樣說。」

「那……還是我背你？」

「我也是有男人的尊嚴好嗎？」

賴文善朝他翻了個白眼，卻反而把楊光逗笑。

他用力拉著累到瘋狂抱怨的賴文善，總算爬上山丘。

一陣強風突然吹到臉上，讓滿是汗水的額頭突然感受到寒冷，鼻子一癢，忍不住打了個噴嚏。

吸吸鼻子後，賴文善抬起頭，才發現眼前的景色漂亮到讓他目不轉睛。

楊光帶著他上坡，來到比森林還要高的半山腰位置，從這裡可以清楚看見智蟲陣營周圍的樹海，甚至是遙遠的據點建築物，這才讓他發現自己走了多遠。

「智蟲的地盤會不會太大……」

楊光聳肩，「申宇民好像很重視這片樹林，所以強行霸占它，還把據點設在裡面，雖然我不太清楚理由……但應該跟秦睿有關係。」

「那小子真的很聽秦睿的話。」

「嗯，因為他對秦睿一見鍾情。」

「什麼？一見鍾情？那個把殺人當成家常便飯的傢伙？」

第一次聽到這件事的賴文善，不敢置信。

自視甚高的申宇民竟然會對某個人一見鍾情？還真矛盾。

不過，跟他沒關係就是了。

「三月兔的據點就在這個山丘後面。」

楊光牽著賴文善往後走，繞過眼前隆起的山丘後，出現一棟三層樓高的別墅。

別墅的設計十分美觀，很有科技感，感覺不像是會蓋在這片荒地中的建築。

圍牆由水泥圍繞，簡單美觀，傾斜的屋頂與鋪著不規則扁石的小徑，直通往墨綠色的長方形大門。

雖然是電子鎖，但楊光卻知道密碼，直接輸進去打開門。

「你怎麼會知道開鎖密碼？」

「秦睿跟我說的。」

「他是不是真的沒有不知道的事情……」

「這點情報對睡鼠來說不是什麼問題，之前申宇民也有帶人過來搜索過這棟房子，雖然沒有找到什麼，但可以確定的是裡面很安全。」

「沒有找到？」賴文善一聽就覺得不對勁。

三月兔是藏了什麼重要的東西，讓申宇民親自出馬搜索？

以那男人的性格，絕對不可能會浪費時間做這種事才對，要不是他們想找的東西非常特別，不能落入他人手中，要不然就是申宇民打算親自確定據點裡沒有藏其他的能力者。

總而言之，應該跟他沒什麼關係。

進屋後，賴文善被室內的低溫嚇到，和外面相比，屋內的溫度非常低，就好像是全天候開著低溫空調一樣。

幸好這是能讓人感到舒服的溫度，不至於不舒服，但和這裡的寧靜搭配起來，三月兔的據點就跟凶宅差不多。

裡面的東西一團亂，很顯然在三月兔瓦解後，存活下來的其他能力者立刻就跑來搜刮這裡，這樣想想還真有點可悲。

明明過去是人數眾多、受其他能力者提防的強大陣營，如今卻淪落成這副狼狽不堪的模樣。

賴文善和楊光兩人簡單確認屋內其他房間，最後選擇二樓走廊尾端的臥房為今天休息的房間。

「文善，在這裡待兩晚可以嗎？」

邊收拾房間邊整理東西的時候，兩人討論著應該留在這裡多久。

賴文善看了一眼牆角的陰影，沉默幾秒鐘才緩緩開口。

「……不，待一晚就好。明天早上就離開。」

他知道這間屋子沒有問題，加上申宇民親自確認，肯定不會出現任何危險，但是賴文善卻隱約覺得有到視線在盯著他跟楊光，讓人感到不自在。

如果說要立刻離開的話，楊光可能會覺得奇怪，加上他有點在意究竟是誰在暗中偷窺，最後才會做出這樣的決定。

可以確定的是，視線是從進入屋內後開始的，在這之前並沒有感受到。

如果想要把對方揪出來，或是確認這道目光究竟只是單純的觀察還是另有打算的話，一個晚上便足夠。

「我去逛逛。」

「嗯，那我去一樓準備吃的。」

楊光和賴文善分開行動。

負責煮菜的楊光到一樓廚房，賴文善則是上三樓。

室內空間遼闊加上很安靜的關係，即便在三樓，賴文善也能聽見楊光在廚房裡做事情的聲音。

樓梯的位置在房屋中心，所以從鋪著玻璃的走廊可以直接看見一樓客廳。

每層樓的走廊都是單一路線，房間數不多，大部分都是只有簡單家具的臥室。比起他們之前待的電梯公寓，這裡非常乾淨——沒有屍體、鮮血，甚至連灰塵都沒看到，雖然亂糟糟地，看起上去凌亂不堪，但並不骯髒。

簡直就像是把新建屋當成倉庫使用一樣。

賴文善原本還以為三月兔的據點會跟智蟲差不多，可實際看到的情況讓他覺得自己好像跑錯地方。

三層樓都沒什麼發現，就連唯一的書房裡也只有簡單的資料與書籍。與其他房間不同，書房格外整齊，並沒有被人弄亂。

這很奇怪，因為按照正常情況來說，這裡才是最該被翻亂的房間才對。

賴文善走進書房，左顧右看，觀察書架上擺設的書籍，不經意地發現一本書名為《愛麗絲夢遊仙境》的精裝書。

他嚇了一跳，下意識從書架取下，迅速翻閱。

是圖文故事書，而且從裝訂方式來看，很顯然是有些年代的書籍。書保養得很好，內頁也沒有受損，版權頁的部分也確實記錄著初版印刷日期與一個潦草的英文簽名。

雖然是草寫，但還是能夠看得出單字，拼湊出名字。

道奇森。

腦海在拼湊完之後，自然而然唸出這個名字。

賴文善愣了下，總覺得背脊突然一陣冰冷。

「……原稿？」他半信半疑，獨自低語。

難道金色文字不是「Original」，這本書才是？

不，不對。這樣也太奇怪了。

這本書究竟是——

賴文善並沒有立刻接受眼前的事實，產生疑問、想法開始動搖的瞬間，他突然頭痛欲裂，就好像有人拿槌子狠狠敲打他的天靈蓋。

「唔！」

疼痛感比之前還要更深刻，讓他忍受不住，下意識鬆手。

精裝書掉在地上，發出「咚」的巨響。

接著，圍繞在書周圍的陰影開始扭動，就像有生命一樣，伸出一條條觸手，捆住那本書。

賴文善親眼看到這本書被黑影覆蓋，變成一團漆黑扭曲的物體，嚇得他急忙後退，拉開距離。

當他意識到應該立刻離開書房的時候，已經太遲。

書房門傳來上鎖的聲響，賴文善轉過頭，發現不僅是書周圍的影子，所有物體的陰影全都開始扭動、顫抖，並朝他慢慢逼近。

曾和申宇民交手過的賴文善，很清楚這個影子並不是申宇民操控的。

氣氛不同之外，它還散發著讓他本能感到抗拒的威脅，就和遇到那些「角色」時的感覺一樣。

雖然不想這麼承認，但這些黑影很有可能就是「角色」。

賴文善一邊確認黑影的動靜，一邊從腰包拿出短刀。

他抬起手臂，用短刀劃出傷口。

鮮血沿著切口噗滋噗滋地冒出來，並在銀色瞳孔的引導下，唰地一口氣從體內抽出。

「……嗚！」

這種感覺就像是瞬間被抽出大量鮮血，因缺血而造成瞬間的暈眩，非常不舒服，但賴文善沒有選擇。

他原本都會隨身攜帶裝著血的瓶子，不巧的是這次剛好沒有。

因為是申宇民確認過的地方，所以他才會大意，認為這裡是安全的，把東西都留在二樓走廊盡頭的房間裡。

沒想到過於信任申宇民的判斷，反而讓自己遭遇危險。

黑影是衝著他而來，所以他並不擔心楊光的安危，只不過對手是沒有形體的黑影，無法確定他的攻擊能不能造成效果，這部分倒是有點棘手。

但現在，他別無選擇，只能硬著頭皮試試看。

船到橋頭自然直，他得在楊光煮完飯之前結束才行。

Chapter 04 幫手

黑影就像是遊戲裡常出現的低等怪物史萊姆，軟趴趴地扭動著，很難透過觀察它的行為來判斷它什麼時候會發動攻擊。

只要有陰影的地方，都是它的地盤，書房內本來光線就不太充足，雖然有燈，但能夠驅散的黑暗有限。

黑影發出黏膩的聲響，不過賴文善在意的並不是那讓人噁心的感覺，而是有種溺水，或是把水含在嘴巴裡說話的聯想。

賴文善沒有打算和這個怪物溝通，他從飄浮在身旁的血液中抽出一滴，彈指打入黏稠物體內。

血液發出咕嚕聲，就像是被融化、吞噬掉一樣，很快就消失不見。

「……嘖。」

行不通。

他原本是想用之前對付觸手怪物時同個方法來操控眼前的物體，可能是他的意圖被對方看透，在他發動能力前就先把鮮血吸收乾淨。

這讓他想起申宇民的影子，無論是他還是這個怪物，都讓他很不爽。

「你也是『角色』吧？不好意思，我對故事不太熟悉……不知道你是哪個傢伙。」

黑影沉默、沒有任何回應。

它並不是無視賴文善，只是純粹對他說的話沒有半點興趣。

在賴文善用挑釁的口氣說完話之後，黑影唰地一聲，突然像海浪般鋪平、張開，從賴文善的頭頂直撲而來。

明明是在室內，但眼前的黑影卻如同大浪，把賴文善逼到無路可逃。

賴文善瞪大眼，他知道自己的攻擊肯定對這東西沒有效果，不過他也沒打算就這樣乖乖站在這挨打。

他將血液捏成圓形鋸齒片，並快速旋轉，變成能夠切割任何東西的刀具，迅速將想要淹沒自己的黑色巨浪劈開。

被切割的黑影，變成一塊塊的黏稠物體，墜落在地板上。

雖然它們很快就重新凝聚，恢復成原來的樣子，但至少能夠讓賴文善成功阻止它的攻擊。

而這也讓賴文善明白，黑影和申宇民的力量完全不同。

雖然都是以影子作為媒介行動，不過黑影比較像是將陰影全部吸收成為自己的身軀，也就是說能夠用「物理」攻擊進行反擊。

所以賴文善拿無法對付申宇民的方式，來攻擊黑影，結果也如他所料。

不過，這並不能解決根本問題。

他原本是想要在楊光沒發現前把它處理掉的，但現在看來不行，只靠他一個人的話做不到。

在成功阻止黑影的攻擊後，賴文善並沒有選擇繼續追擊，而是轉身利用鋸齒刀切碎書房門後衝出去。

他飛奔到走廊上，差點滑倒，但他知道黑影就追在身後，即便只有幾秒鐘的停頓，都有可能會被它抓住，所以他不顧一切地爬起來，跑向樓梯。

等不及走到一樓，他直接跨過二樓扶手邊緣跳下去。

不知道是心有靈犀還是查覺到情況不對勁，原本應該在廚房做菜的楊光接住了從二樓樓梯跳下來的賴文善。

「楊光？你怎麼……」

「我聽到聲音所以出來看看。」

楊光抱著賴文善，皺緊眉頭看著眼前一大片黑影，語氣中藏著怒火。

「這是怎麼回事？」

他明明確認過這裡沒問題，用來提示怪物出沒的手錶也沒有任何反應。

賴文善也注意到這點，盯著楊光的手錶看。

「手錶果然沒響。」

「嗯，抱歉。看來應該是出了什麼問題。」

楊光一邊把賴文善放在地上，一邊解開錶帶，將手錶取下來。

在陣營戰結束後，他就覺得手錶的功能似乎發生問題，不知道出自於什麼原因，它變得無法感應怪物的存在，這讓身為高級道具的它價值瞬間下降至谷底。

道具通常不會喪失它所具有的功能，所以楊光一開始以為手錶是受到其他能力的影響而變得不敏感，但無論是遇到「A」還是見到「智蟲」，手錶都沒有發出警告，讓他只能選擇放棄這個珍貴的道具。

話雖如此，他也沒打算把手錶隨便扔掉就是了，至少它還有顯示時間的基本功能，而且也不知道它哪天會恢復正常，所以楊光還是把它留著。

可是，果然還是很麻煩啊——

如果手錶沒有喪失原本的功能，他就能第一時間確定這棟房子是不是安全的，也不會讓賴文善遭遇到危險。

「文善，這東西是從哪冒出來的？」

「三樓的書房，陰影好像就是它的本體，不過我在想，這種怪物通常都會有核心之類的東西，只要把它毀掉就好。」

「核心？」

「嗯，例如那本書。」

賴文善指著在黑影體內飄浮的精裝書。

他會這樣想，是因為黑影是在他打開那本書之後出現的，而且能夠融化、消滅他的鮮血，但那本書卻安然無恙，不是很奇怪嗎？

黑影看上去並不像是會把東西留在體內的傢伙。

書房裡的視線昏暗，加上範圍太狹窄，沒辦法看到黑影的全貌，但在這裡的話，就可以看得很清楚。

「只要毀掉那本書就可以了嗎？」

「應該。」

楊光知道賴文善自己一個人應付不來，便在聽到他說完話之後，使用能力將時間暫停，賴文善也趁這個機會，將旋轉的鋸齒刀射向精裝書的位置。

鋸齒刀在書上劃出兩痕刀傷，接著黑影的時間再次轉動，被切開的書就這樣咕嚕咕嚕地在黑影體內融化。

當書完全消失後，黑影化成爛泥，攤平在客廳地板，並散發出惡臭味。

正當兩人認為危險解除的瞬間，更多的黑影從牆壁、天花板等角落慢慢擴大，就像是要將整棟房子吞噬殆盡。

它們的體內全都有一本書，數量非常多，就像是書房架上所有的書都變成怪物了一樣。

「……毀掉書好像解決不了問題。」

賴文善看著這麼多本藏在黑影體內的書，冷汗直冒。

看來黑影是被人操控，雖然把書毀掉就能夠毀掉黑影，但數量這麼多，就算他殺掉三四隻，也會再冒五六隻新的出來，根本沒有意義。

「文善，我們走吧。」

「你說離開？」賴文善朝大門口看了一眼，苦笑道：「那也要能出得去才行。」

大門口被兩本書的巨大黑影覆蓋，窗戶也都被影子壟罩，他們可以說完全被困在這裡面，哪都去不了。

賴文善手臂上的傷口，仍在滴血，雖然流出的血越多，他就有越多武器能夠使用，但在這之前他很有可能就會因為失血過多而昏迷。

楊光當然也有注意到賴文善手臂上的傷口，不斷對他投以擔憂的目光。

「別再可憐兮兮地看著我，這點傷沒什麼。」

「你是為了攻擊它們才割自己的吧。」

「嗯……因為我沒把瓶子帶在身邊，而且現在情況緊急，所以你別罵我。」

「這樣的話還不如待在之前那個電梯公寓裡，那裏的血足夠讓你使用。」

「不，可以的話我並不想遇到讓我使用能力的危險情況。」

「說得……也是。」

光是後悔，並不能讓他們擺脫眼前的危機。

他當時答應賴文善，選擇兩個人單獨行動的決定，是不是太過倉促了點？

楊光還在後悔，黑影就撲向他們。

他臉色鐵青，急忙拉住賴文善的手左閃右躲，黑影擦過他的手臂跟大腿，就像是具有高度腐蝕性的液體，在他的皮膚留下大片紅色痕跡。

「嗚！」

身體雖然感到陣陣刺痛，但他並不在意，只要能不讓賴文善受到一丁點傷，他就算傷痕累累也沒關係。

賴文善聽見楊光的悶哼聲，緊張不已。

他知道楊光是為了保護他才這麼做，也不想因為疼痛而讓他擔心，才強行壓抑難受的聲音，但這樣做他一點也高興不起來，倒不如說很火大。

「楊光！使用能力！」

「……知道了。」

黑影故意用快攻的方式出手，就是想要在發動能力前殺掉他們。

楊光使用能力，僅僅只需要一個念頭，隨著他的瞳孔發出比平常更耀眼的金光，周圍所有的黑影全部停止行動。

賴文善繼續用自己的鮮血製作而成的鋸齒刀，劈開黑影體內的書本，但血液的消耗量比他想得還要大很多。

即便時間停止，也不能改變腐蝕的屬性，所以他的鋸齒刀在穿透黑影體內時會被腐蝕，變得越來越小，直到無法使用，因此他需要使用更多的血進行攻擊。

當然，他並不打算使用楊光的血，所以從他傷口溢出的鮮血，他一滴也沒碰。

就這樣，兩人藉由暫停時間來毀掉書本方式，持續減少黑影數量，但就跟他們剛開始的猜測一樣，它們並沒有減少。

這是場消耗體力的硬戰，而他跟楊光是百分之百處於劣勢的那一方。

黑影沒有體力上的堪憂，但他們是有血有肉的人，很快就會疲勞。

門窗全都是腐蝕性的黑影，就算趁停止時間的時候攻擊覆蓋門窗的書本核心，毀掉黑影，也沒有用。

它們很聰明，以數量優勢將封住門窗的書本核心隱藏在書海之中，讓賴文善一時半刻沒辦法鎖定目標。

隨著體力、鮮血消耗量越來越大，兩人的行動也開始變得遲緩，就算楊光還能繼續停止時間，但賴文善也已經沒有力氣攻擊。

「哈……哈啊……」

賴文善臉色蒼白，身體開始顫抖，因缺血而體溫降低。

楊光摟著賴文善，絞盡腦汁也想不出來該怎麼辦才好。

他真不該傻傻認為光靠他自己，就能保護得了賴文善，這樣做實在有夠愚蠢！

「看來你終於明白自己有多笨了。」

忽然，令人討厭的耳熟聲音從楊光的身後傳來。

楊光嚇了一跳，猛然轉頭，看著身穿黑色長外套，雙手插入口袋，連看也懶得看他一眼的申宇民，說不出話來。

申宇民面無表情地往前跨步，獨自站在黑影群的面前，腳下的影子蠢蠢欲動，就像是隨時都有可能發動攻擊般危險。

「繼續使用你的能力，剩下的我來處理。」

楊光知道申宇民是在跟自己說話，於是便再次閃動瞳孔中的金光，使用能力。

然而，僅僅不到三秒鐘的時間，申宇民幾乎在楊光發動能力的瞬間就操控所有影子，貫穿全部的書本後，將它扯爛。

楊光驚訝不已，虛弱的賴文善則是依偎在他懷中，一臉不爽。

「該死……真是令人忌妒又討厭的能力。」

和他不同，申宇民的影子並不會受到腐蝕效果影響，而且能夠隨處取得。

對這些黑影來說，申宇民就是它們的天敵。

楊光解除能力，看著申宇民轉過頭盯著他們，第一次感受到這個男人冰冷的視線有多麼可怕。

在這緊張的氣氛當中，先冒出頭來的，是從背後靠近楊光、把手搭在他肩膀上的秦睿。

「先把文善帶去房間休息，別擔心，現在『暫時』沒有危險。」

楊光嚇一跳，因為他沒想到秦睿竟然也在，是他體力消耗太多，還是說太頻繁使用能力？他竟然沒有察覺到其他人的氣息。

但，不得不承認，這兩個人出現後，頓時讓他有種安心的感覺。

「知道了。」

楊光搖搖晃晃地起身，即便沒剩多少體力、傷痕累累，仍堅持要先把賴文善抱回房間。

看著狼狽的兩人，秦睿起身，與走向他的申宇民說道：「選擇跟過來是對的，現在的情況已經不是光靠他們兩個人自己就能夠應付的了。」

「你打算跟著他們？」

「嗯，反正如果順利的話，陣營什麼的也不是很重要。其他能力者只要好好活著，撐到賴文善找到離開的方式就好。」秦睿伸出手，輕撫著自動把頭垂下來讓他摸的申宇民，勾起嘴角，「這真的是最後了，所以，我們不能什麼都不做。」

「……如果哥是這樣想的話。」

申宇民不在乎其他事情，更不在意那兩個人是死是活，但只要是秦睿的願望，那他就願意乖乖照做。

他是為了秦睿，僅此而已。

╱

申宇民從影子裡取出治療用的注射器，這是能讓人迅速恢復體力與精神的高級道具，數量稀少，楊光也只有聽說過它的存在，從沒實際見到過。

看來這種道具對申宇民來說不是什麼稀有物品，他一口氣拿出三支，完全不覺得心疼。

「賴文善需要注射兩劑，你的話一劑就可以。這個能治療你們的傷口，雖然沒辦法補充損失的血液量，但只要靜養幾個小時，很快就能恢復。」

「謝、謝謝。」

楊光從申宇民的手中接過注射器，按照指示各自注入他與賴文善的體內。

賴文善還有些昏昏沉沉地，半夢半醒，沒有力氣說話，他在睡著前確認站在自己面前的人是申宇民和秦睿之後，才安心入睡。

楊光抱著賴文善，抬起頭看向兩人。

「你們怎麼會來？」

秦睿聳肩反問：「難道你不好奇我怎麼知道你們的位置和情況？」

楊光表情堅定，就像是知道原因一樣，讓故意反問他的秦睿無奈搔頭，嘆了一口氣。

照這樣子來看，楊光和賴文善早就料到他在暗中觀察，要不然也不會是問他們為什麼來，而不是問他們怎麼會出現在這裡。

「保護『愛麗絲』是很理所當然的事不是嗎？光憑你們的能力，是沒辦法對付比爾的，所以我才會把申宇民帶過來。」

親眼見識過申宇民和黑影的戰鬥，所以楊光知道申宇民的能力和黑影怪物相剋，如果他們遇到的不是這個怪物，恐怕這兩個人也不會這麼快現身。

「你知道那個怪物是什麼東西？」

「嗯，是『角色』之一，不過剛才那些書並不是牠的本體，算是牠的替身。」

「……那本體在哪？」

「逃了。」申宇民開口回答，雙手環胸，看得出來他有點不耐煩。

秦睿把手搭在申宇民的肩膀上，暗示他別擺出那張臭臉嚇人，這才稍微讓申宇民緊皺的眉頭稍稍鬆開些。

「雖然我知道你們想要單獨行動，但還是把我們倆帶上比較好。」

「帶上你們？那陣營其他人怎麼辦？你打算拋下那些人不管？」

秦睿聳肩，「如果能幫助你們找到離開的辦法，那麼繼續維持陣營的存在也就沒什麼意義。」

楊光驚訝地眨眼，「所以，你的意思是……你也想要跟我們一起離開？」

「不完全是。」秦睿苦笑道：「總而言之，你不必擔心我們或是其他人，只要專注於你們原本的目標就好，我跟申宇民會幫忙的。」

楊光很想拒絕，但經過這次的事，他很清楚光靠他跟賴文善兩個人是絕對沒辦法安然無恙的，「角色」們肯定會不斷冒出來干擾。

「我知道了……一起行動吧。」楊光無奈道：「話說回來，你們不是已經檢查過這棟房子了嗎？為什麼還會發生這種危險？」

「那東西應該是後來才鑽進來的，牠很有可能一直隱藏在影子裡，跟著你們。」秦睿聳肩，一臉無奈，「申宇民來處理這棟房子的時候，確實是安全的，這不能怪我們。」

看著楊光小心翼翼護住賴文善的模樣，秦睿也只能退一步。

他知道現在楊光百分之百以賴文善為優先，所以在賴文善醒過來之前，不會給出肯定的答覆。雖然他認為賴文善會同意讓他們跟著，但現在還是先別做什麼多餘的事情比較好。

「你們先休息吧，我跟申宇民會負責戒備，不會有危險的。」

秦睿邊說邊拉著申宇民的袖口，把人拽出房間。

申宇民一臉開心地盯著秦睿扯自己袖口的指尖，心花朵朵開，覺得這樣的他好可愛。

即便聽過「情人眼裡出西施」這句話很多次，但秦睿總覺得有點誇大不實，直到他發現自己不管做什麼事情，申宇民都像是眼裡能流出蜜一樣，目不轉睛地盯著他看，才終於理解為什麼會有這種那種形容詞誕生。

就算他現在在申宇民的面前放個響屁，估計他也會覺得這樣很可愛吧。

秦睿沒辦法接受，所以才覺得申宇民喜歡自己的程度，讓他有點害怕。

「周圍沒問題嗎？」

「嗯，我用影子確認過了，也有在陰影裡設陷阱，如果有危險的話，我會第一個知道的。」

「那就好。」

秦睿為了不打擾楊光他們，選擇和申宇民住在一樓的客房裡。

剛把門關起來，申宇民就突然從背後抱住他，很不客氣地用嘴唇和鼻尖不斷磨蹭他的後頸，像個變態似的用力嗅聞。

他喜歡申宇民，也確實決定好要跟這個小自己很多歲的年輕人在一起，但這不代表他能夠接受男朋友的變態行為。

「你別老是黏著我不放！」

秦睿知道憑自己的力氣，沒辦法贏得過申宇民，也捨不得舉拳揍人，只好大聲說話來表達不滿。

過去的申宇民可以說是他的跟蹤狂，但現在的申宇民已經從跟蹤狂進化成變態跟蹤狂了，讓他更加頭痛。

「哥，你生氣的時候很容易冒汗，好好聞……」

「聞什麼聞！你明明就是在用舔的……唔！」

申宇民舔拭他的頸部，一陣陣的刺激感讓他渾身酥麻。

這個傢伙就像是知道他全身的敏感位置，總是能在短短幾秒鐘時間就讓他產生想做愛的念頭。

「你、該死的……」

「哥哥想做了嗎？」

申宇民一邊舔著他頸部的汗水，一邊觀察他紅通通的耳朵，因為他而不斷顫抖的反應。

真可愛，可愛到讓他想要現在立刻就把這個人的衣服全部扒光——

秦睿在選擇接受他之後，就變得越來越縱容他，既然本人同意，那麼申宇民也不會跟他客氣，盡情地展現出自己的欲望。

在體會過和秦睿做愛的滋味後，申宇民反而開始懷疑自己過去究竟是怎麼忍下來的，只要一想到秦睿的臉，他就能立刻變得硬梆梆，想要就這樣在他的體內發洩出來，讓秦睿全身沾滿他的氣味。

秦睿不是什麼純情的男人，他也是有欲望的，在遇到申宇民之後，他就再也沒有跟其他人做過，每次都只靠著打手槍或是被申宇民搗弄屁股來高潮，害他變得很容易欲求不滿。

他雖然看起來像是在抗拒和申宇民做愛，但實際上每次都很期待被他撫摸、擁抱，因為他而長達一年多的禁欲生活，讓秦睿很容易就能被申宇民蠱惑。

「哥，我幫了那兩個人，是不是做得很好？」

「你該不會是想要跟我討獎勵？」

「因為我乖乖照著哥的要求去做了啊。」

「是不是只要我跟你提要求，你就想拐我跟你做一次？」

「不愧是哥，真聰明。」

「唉，你為什麼總是喜歡耍這種小手段？」

秦睿拿他沒輒，伸手撫摸那顆不知道在想什麼的腦袋瓜。

申宇民明明就是個聰明的孩子，但這種時候反而就顯得很幼稚，和平常的形象差很多。

申宇民更用力地抱緊秦睿，一邊親吻他的脖子，一邊把手伸進衣服底下。

他只是輕輕地以手掌心滑過秦睿的腹部肌膚，但這樣簡單的撫摸行為，卻反而讓秦睿渾身顫抖，勾起他想做的欲望。

「你、你別這樣摸我……」

「那要把哥脫光光後再摸？」申宇民把頭靠在秦睿的肩膀上，雙眸閃閃發亮，「我都可以哦？穿著衣服做也很有情趣呢，哥。」

秦睿真不知道該拿這狂妄的小子怎麼辦。

「你這傢伙，到底從哪學會這些有的沒的？」

「我只是誠實地把想做的事情說出來而已。」

「你真以為這樣說我就會信？」

「哥，我想舔哥的胸部，轉過來面向我好嗎？」

來了，申宇民最常對他使用的「轉移話題」方式。

每次只要是遇到不想回答的問題，申宇民就會故意用充滿色氣的表情跟說話方式跟他撒嬌。

雖然秦睿很不喜歡他這樣做，但每次卻都又忍不住縱容，就是因為他太容易被申宇民牽著鼻子走，這小子才會變得越來越狂妄。

秦睿按照申宇民的要求，轉過來和他面對面。

申宇民把臉頰貼在他的胸前，嘴角上揚，笑起來就像個孩子。

這是他在其他人面前不會展現出來的表情，唯獨秦睿能夠看得見，正因為知道這樣的申宇民是專屬於他的，秦睿才會總是沒辦法狠心推開他。

申宇民的愛很沉重，也很可怕，但他這種用盡全部力氣去愛一個人的模樣，卻也是令秦睿心動不已的主要原因之一。

他盯著申宇民的後腦杓，自己把衣服撩起來。

秦睿並不覺得自己的胸部有多漂亮，但每當他這麼做的時候，申宇民總是會用閃閃發光的眼神直勾勾盯著他。

那個視線，不僅僅只是喜歡，而是想要將他吞噬殆盡的欲望。

「你……不是想舔？」

「……哈，睿哥，你是在跟我撒嬌？」

申宇民用力抓住秦睿的腰，在他眼前張開嘴，伸出舌頭。

「只要是哥你想要的，不管是什麼事我都會做。」

當申宇民的舌尖碰觸到他的胸膛時，一瞬間感受到的刺激，讓秦睿狠狠地抖了一下身體，但申宇民並沒有因此停止，完全沉溺在他的味道裡面，慢慢地舔拭著每一處肌膚。

秦睿的身體滿是申宇民的口水，唯獨沒有被碰觸到的乳頭，正因為寂寞空虛而顫抖，明明申宇民沒有碰到，但它卻挺立起來，就像是在主動渴望申宇民的舌尖似的。

羞恥感令秦睿害羞不已，可是腦海裡卻一點也不希望他停下來。

強咬嘴唇，忍住不讓自己發出聲音來的秦睿，身體卻向內捲縮，雙手按住申宇民的頭，嗚嗚嗚地喘息著。

「哥刻意忍住聲音的時候，真的有夠可愛。」

「哈、你……為什麼不碰……」

「乳頭嗎？」申宇民笑著歪頭，「我不碰，但哥你能自己碰的呀？」

「有你在我幹嘛自己摸，又不是在自慰。」

「哦——原來哥你自慰的時候會自己揉乳頭？」

「呃！」

意識到申宇民在故意設陷阱讓他跳的時候，已經來不及了。

說出去的話就如同潑出去的水，收不回來。

親口坦承這件事的秦睿臉頰紅到像是中暑一樣，而拐人的申宇民則是嘻嘻笑著，雙手托住秦睿的臀部，跨步走向那張乾淨到像是沒人使用過的雙人床上。

秦睿緊閉雙眼，感覺到自己的背貼在柔軟的床鋪上面。

當他忐忑不安地睜開眼睛時，望見的是申宇民那像是要立刻將他吃乾抹淨、充滿欲望的眼神。

明明不是第一次跟他做這種事，但秦睿每次都還是會被他那從不隱藏、貪婪的表情嚇傻。

「現在不需要啟動能力吧？不是還能維持一段時間？」

秦睿半開玩笑地說著，故意放軟態度，只求申宇民別把他的屁股操爛。

申宇民笑咪咪地，乾淨俐落地將他的衣服撕開。

「說什麼呢哥，我們不是在交往嗎？戀人之間用不著顧慮那麼多。」

「你好歹尊重一下我的屁股，明明昨天也有做不是嗎！」

「哥，你知道我之前忍著不碰你，是因為尊重你的意願，現在你已經承認自己喜歡我，也把我當成你的男朋友，那我還有什麼理由再忍？」

申宇民說完，接著拉住秦睿的褲子，連同內褲一起脫光。

看著秦睿滿臉通紅地扭曲身體，慌張地想用手臂遮住胸口與下半身的反應，他就覺得自己的胯下好像快要爆炸了。

秦睿可能不知道，他這種扭捏的態度，看在他的眼中有多麼誘人。

「申宇民，你根本就是變態。」

「是，這點我承認。」

申宇民瞳孔顫抖，以視線掃遍秦睿的身體，興奮地喘息。

他伸手輕撫昨晚在秦睿身上留下的齒印與吻痕，陶醉地垂低頭，吸吮著這些痕跡，並用嘴唇磨蹭。

秦睿被他弄得很癢，明明沒有想要做的打算，但身體卻很誠實。

當他聽見申宇民噗哧一聲笑出來的時候，才發現自己高高硬挺著，十分有精神。

「啊……」

秦睿滿臉通紅，說不出話，而近距離看著他勃起部位的申宇民，倒是笑得很開心，甚至還故意用食指沿著根部慢慢往下滑。

「唔嗯……」

他的碰觸，讓秦睿敏感地夾緊雙腿，陰莖一顫一顫地，像是很喜歡申宇民的碰觸，輕輕晃動著。

「哥，你想要我用嘴還是用手？」

「都、都不准……哇！」

秦睿還沒說完話，就被申宇民拉起來，跪坐在他懷裡。

申宇民盤起腿坐在床上，和他面對面，笑盈盈地抱住他光溜溜的身軀。

「哥不想要，那我就碰其他地方。」

說完，他張開嘴伸出舌頭，從秦睿的胸口開始舔拭他的肌膚。

明明被舔到的位置都不是敏感帶，但是因為視覺上的效果和申宇民舌頭粗糙的感覺，讓他原本就有些敏感的身體，很快燃起欲望。

「啊、不行……」秦睿皺緊眉頭，壓住申宇民的頭，但是卻沒有用力將人推開，就像是希望能夠繼續被他舔一樣。

即便嘴巴上拒絕，可是他的行為卻像是在坦白自己也想要做，口是心非的模樣看在申宇民的眼裡，是最可愛的撒嬌方式。

他不碰秦睿的下半身，而是將他緊抱在懷裡，僅僅用兩人的腹部夾住勃起的部位，並親吻秦睿的鎖骨與頸部。

秦睿被他吻得很舒服，無意識地自己挪動腰部，像個發情的動物一樣磨蹭下半身，把申宇民當成自慰用的棒子。

「唔……衣服好麻煩。」秦睿皺著眉頭，陰莖蹭著布料讓他覺得不夠舒服，便靠在申宇民的肩膀上呢喃：「我不要衣服……我想要直接碰你。」

申宇民噗哧一聲笑出來，「知道了，哥。」

他脫掉上衣，解開褲頭。

比秦睿要大上許多的陰莖從內褲裡彈出來，在他的眼前晃動。

秦睿嚥下口水，邊喘息邊把自己的陰莖貼過去，就這樣把兩根棒子貼在一起輕輕磨蹭。

只不過是接觸到而已，根本就沒有用手握著磨蹭，但秦睿卻覺得舒服到不行，甚至變得更興奮。

「呃、好舒服……不行，不行啊……」

他陶醉地環住申宇民的脖子，加快腰部擺動的速度。

言語融化在喘息間，只剩下那甜膩到讓人暈眩的呻吟聲。

申宇民看著在自己面前展現出發情姿態的秦睿，一聲不吭，就這樣任由他把自己當成按摩棒使用，直到射出來為止。

「啊……哈啊……」

剛高潮的秦睿，身體敏感到不斷顫抖，腦袋暈呼呼的，沒辦法好好思考。

過去的他從來不曾想過，自己會變得如此忠誠於欲望，就算只是因為在遇見申宇民之後都沒能好好做愛，也不應該變成這副模樣才對。

現在看來，簡直就像是只要申宇民稍微挑逗一下，就會立刻對著他發情。

「該死，我以前沒這麼敏感的。」

射過一次後，秦睿才恢復理智。

他看著自己的精液濺在兩人的陰莖上面，覺得羞恥的同時，也感到不知所措。

只有他射而已，申宇民還是硬梆梆的，根本沒有消下去。

而這個陰莖硬到快要爆炸的年輕人，竟然還一臉平靜，像是沒發生什麼事情一樣地歪頭盯著他看，讓他產生自我厭惡感。

「抱歉，我只顧著自己爽。」

「有什麼關係，我很高興哥能把我當成自慰棒哦？」

「別用那種形容詞……唉，真是拿你沒辦法。」

秦睿將膝蓋貼在床鋪上，跪坐著挺直腰桿，雙手撥開屁股，把身體往前靠向申宇民。

他的行為過於明顯，讓申宇民忍住笑意，乖乖坐著等秦睿自己把屁股移動到他的陰莖上面。

「哥，等等，我來幫你擴張。」

「不用擴了啦，幾個小時前才做過，直接放進去不會裂開的。」

秦睿邊說邊用屁股貼住申宇民的龜頭，因為沒對準而稍稍偏了點，便在那邊左磨右蹭，試圖抓準角度。

雖然他努力的樣子很可愛，但對申宇民來說卻是種酷刑。

他已經硬到想要狠狠插進去的地步，卻被秦睿這樣胡亂蹭來蹭去，光是在插入之前，他的理智就會先被秦睿磨光。

「……哥，你是故意的嗎？」

申宇民的聲音變得沙啞低沉，但專心找位置的秦睿卻沒注意到他的變化，一臉不高興地說：「喂，我為了你這小子可是很努……噫！」

不等秦睿回答完，按耐不住欲望的申宇民直接貼住秦睿抓緊屁股的雙手，阻止他繼續磨蹭的同時，向上挺腰，一口氣就將自己的陰莖狠狠插進他渴望已久的小穴。

突然擠進腹部的異物感十分強烈，讓秦睿一瞬間說不出話來。

身體被填滿的同時，可以感覺到它在自己的體內抖動。

差點喘不過氣來的秦睿才剛張開口，就被申宇民壓上來的唇覆蓋住嘴，任由他的舌頭強行捲弄、舔拭著他的口腔內壁。

「唔——」

申宇民一邊強吻著他，一邊抓緊他的屁股，不停頂撞。

肌膚拍打的聲響和溼答答的水聲，讓秦睿越來越興奮。

身體麻麻地、有點刺痛，但更多的是過於舒服而帶來的強烈快感。

「呼哈！啊、不要……你太用力了！」

好不容易掙脫他的吻，終於能呼吸幾口氣，說幾句抱怨的話，但短短幾秒鐘過後又再次被申宇民的吻封鎖。

他由跪坐的姿勢慢慢往後倒下，躺在床上的他被申宇民壓住頭，囚禁在懷中，繼續一次次地挺入到他的深處。

秦睿覺得自己快要缺氧了，卻又忍不住頻頻高潮，連自己射出來也沒發現。

「唔唔唔……」

他掙扎著，但申宇民沒有要鬆開他的意思。

就像是永遠都不能滿足一樣，申宇民用他那無法反抗的強大力氣，將他壓在身下，瘋狂地索求著他的全部。

在他身下的秦睿，只能用身體接受他所有欲望，感受著這份由愛而生的獨占欲。

從一開始的抱怨，到主動接受申宇民，秦睿承認自己確實過分寵愛這個年輕的戀人，但他卻無法控制不去疼他。

「申宇……民……」

在嘴唇短暫分開的瞬間，秦睿雙眸含淚，沙啞地喊出他的名字。

申宇民抖了一下身體，嘴角不由自主地上揚，露出溫柔的笑容。

「什麼事？哥。」

「要死了……你快點給我拔出去……」

筋疲力竭的秦睿，顫抖著眼角抱怨。

申宇民眨眨眼，笑得更加燦爛。

「我才不要，哥，我還沒射呢。」

「你、你還沒？怎麼可——哇！」

申宇民沒有拔出來，而是突然抓住秦睿的雙腿往上抬，撐起身體，以自己的體重壓在他的腿上。

他瞇起眼，以那人畜無害、閃閃發亮的帥氣臉龐對秦睿說：「哥你要更努力才行，至少得讓我射個兩次才會結束哦。」

秦睿覺得自己的屁股要沒了。

他到底要怎麼做，才能讓申宇民這該死的色欲魔王停下來！

Chapter 05

幻覺

秦睿被申宇民折騰足足三小時才結束，當然，現在秦睿可是連一根手指頭都動不了，身體每個地方都被申宇民留下痕跡，看起來很像是被虐待過。

不過，原本全是汗水跟精液身體卻在申宇民的清理下變得很乾淨，就連床單也被他換成乾淨的，所以秦睿睡得很舒服。

原本還想說要在結束後痛罵這傢伙一頓，但因為睡眠品質不錯，所以最終秦睿仍沒有針對申宇民纏著他做的事情發牢騷。

他承認，自己確實很容易對申宇民心軟，可是這不是他能控制得了的。

「哥，你醒了？」回到房間的申宇民發現秦睿瞪大雙眼，動也不動地盯著天花板看，便歪頭問：「天花板有什麼嗎？」

說完，他也跟著抬起頭觀察天花板，但因為什麼都沒有，反而讓他有點不滿地拉下臉來，更仔細地觀察，試圖找出讓秦睿看得那麼專注的原因。

秦睿看到申宇民那副傻樣，也只能苦笑。

他是因為不想動所以才盯著天花板發呆的，這個反應遲鈍的笨蛋，竟然還真的以為天花板有什麼吸引他的要素。

是說，他不會連天花板的醋都吃吧？

「申宇民，我肚子餓。」

「馬上來。」申宇民收回視線，急急忙忙將手裡的塑膠袋提到他面前。

秦睿臉色鐵青，艱難地坐起身，看著他把塑膠袋裡的東西拿出來。

大部分是麵包跟三明治，還有鋁箔包裝的牛奶跟布丁。

「這些是便利商店才有的現成食物吧？你趁我睡覺的時候跑去那？」

「嗯，附近剛好有。你跟楊光哥都需要吃點東西，所以我就去拿點過來，別擔心，什麼事都沒發生。」

「……那就好。」

秦睿會這樣擔心，是因為這裡是三月兔的地盤。

雖然現在三月兔陣營已經瓦解，不過還是有白兔的人在附近徘徊，他擔心申宇民遇到那些人會二話不說就把對方收拾掉。

他拒絕白兔首領的邀請那麼多次，那邊的人肯定對他們有很多不滿，要是在這個時候起衝突的話，會給楊光和賴文善惹來不必要的麻煩。

現在他們沒有時間去處理能力者之間的人際關係問題。

「文善怎麼樣了？」

「治療劑有確實發揮效用，所以他已經恢復得差不多。我剛拿吃的給楊光哥的時候有順便跟他確認過，再待個兩小時左右就離開這裡。」

申宇民邊回答邊把三明治撥開，遞給秦睿。

秦睿沒有接過來，而是直接張開嘴大口吃。

「嗯，很好。雖然說有你在，比爾不會輕舉妄動，但待太久也不是很安全。」

秦睿口中的「比爾」，就是剛才攻擊楊光和賴文善的「角色」。

那是影子怪物，平常生活於暗處，和申宇民一樣，牠能自由操控影子，但需要透過媒介作為核心，而牠所使用的媒介，就是「書」。

和申宇民相比，比爾的能力略遜一籌，因此牠平常不怎麼出現在能力者面前，這次會突擊楊光和賴文善，讓秦睿確定「角色」們也已經把這當作最後機會，即便危險也要放手一搏。

只要比爾待在影子裡，申宇民就能知道牠的動態，這也是為什麼他們能立即趕過來幫忙的原因。

「比爾去回報了嗎？」

「是的。」申宇民歪頭盯著自己的影子，「牠離開後就去跟其他『角色』接觸，應該是想要提防我吧。」

「哈……」秦睿不禁苦笑，但他能夠理解「角色」們為什麼要這麼做。

對牠們來說，申宇民無疑就是這個世界的最強BOSS。

要不是因為申宇民喜歡他，願意聽他的命令，否則像他這樣的能力者，絕對會成為比

「角色」以及那些怪物還要危險的存在。

「你在想什麼？」申宇民把臉湊近，盯著鼓起臉頰，一邊發呆一邊咀嚼三明治的秦睿看。

秦睿嚥下食物，忍不住伸手輕扯申宇民的臉頰，無奈道：「只是覺得你喜歡我真的太好了。」

申宇民眨眨眼，皺緊眉頭。

他根本聽不懂秦睿在說什麼，只覺得這句話好像是在損他。

「哥看來還有力氣開玩笑？」

申宇民的眼神過於危險，嚇得秦睿急忙把手收回，但是卻晚了一步。

三明治和麵包掉落在地，申宇民用膝蓋壓住棉被，抓著秦睿的手與腰，不讓他逃走，不滿地將唇壓上去。

「唔……」

被申宇民抓住，動彈不得的秦睿，被親到差點缺氧。

他努力掙扎、發出嗚嗚叫聲反抗，才好不容易在快要窒息前讓申宇民鬆手。

「哈啊……哈……」

秦睿冷汗直冒，大口喘氣，臉色鐵青地瞪著伸舌舔唇的申宇民。

申宇民並沒有對他感到抱歉，也不認為自己行為有錯，反而很開心能被他用這麼炙熱的眼神注視。

秦睿氣到無言以對，問題是，就算申宇民的行為既幼稚又霸道，不把他的意願當回事，但他就是沒辦法狠下心來討厭這個人。

他從來不知道，原來自己談戀愛之後會變得這麼容易心軟。

申宇民一瞬間沉下臉來，眼神飄向房門口，下一秒門外就傳來楊光的聲音。

「秦睿，你們在忙嗎？」

楊光知道不能隨便踏入房間，所以只是站在門前開口確認。

秦睿起身下床，拖著病奄奄的身體，抓起申宇民的長外套披蓋住身體，腳步蹣跚地走到門口，打開門。

楊光一見到他，先是嚇了一跳，接著才尷尬地說：「抱歉，是不是打擾到你們了？」

申宇民看著他的視線仍舊像是要把他碎屍萬段，對他的忌妒，讓申宇民從未對楊光產生好感，倒是一天比一天更想殺這個礙眼的男人。

他沒有出手，是因為楊光救過秦睿的命，就算忌妒、吃醋也沒用，畢竟那件事發生的時候，他不在秦睿身邊。

過去他並沒有對秦睿如此執著，直到差點失去秦睿，他才發現自己應該要把所有的注意力放在這個男人身上。

從那之後，他就開始暗中監視秦睿的一舉一動，包括他接觸的能力者、行蹤，以及那些對他虎視眈眈的傢伙，他都必須全部掌握。

所以他討厭楊光，因為楊光奪走了秦睿本該放在他身上的專注目光，楊光也一樣，不喜歡這個隨時都有可能成為殺人犯的年輕小鬼頭。

「文善醒了，身體也沒有大礙。我聽申宇民說明天就得離開……你們是真的打算跟我們一起走嗎？」

「當然是真的。」秦睿雙手環胸，故意往後躺，靠在申宇民的懷裡。

他聳肩回答：「只有你們兩個人的話，我不放心。」

楊光眨眨眼，從秦睿的口中聽出他的意思，直接了當地問：「秦睿，該不會……你終於下定決心要離開這裡？」

秦睿一直以來對於「離開」這個異空間的事情沒有什麼興趣，雖然會參與討論、提供協助，但是並不認為自己能夠活著離開。

或許是因為待在這裡太久，也或許是覺得習慣這個世界的生存方式後，很難回到過去的日常生活，無論是什麼樣的原因，秦睿始終對於「逃出去」維持著消極的態度。

楊光雖然不忍心看朋友如此失去絕望與信心，但也不想勉強他。

每個能力者都有自己的想法，和秦睿一樣態度消極的人，也有不少。然而這些都跟他沒有關係，因為他相信自己總有一天能夠離開這個世界。

秦睿明知道他多渴望離開，而與他想法相反的這個人，突然說要跟他們一起——這就足以表示秦睿產生了「離開這個世界」的念頭與欲望。

楊光開心地說：「如果是這樣的話，那我當然歡迎！」

他知道賴文善也會跟他一樣開心，而且秦睿能下定決心比什麼都好，畢竟他很怕就這樣失去一個老朋友。

秦睿見楊光好像對他有些誤解，苦笑低喃：「我可不是為了離開才這樣做的。」

當然，他故意把音量壓得很低，沒有讓楊光聽見。

他知道楊光不知道被這個世界隱藏起來的祕密，而這也是他打算在賴文善醒過來之後，跟他們坦白的事情。

「我們先回你的房間吧，在你們兩個去找出口前，有些事你們必須知道。」

申宇民接收到秦睿的眼神暗示，便從背後摟住他的腰，一彈指，將大片影子覆蓋在他們三個人身上。

當影子掃過眼前，楊光便發現自己瞬間回到二樓走廊盡頭的房間，而看著他們莫名其妙冒出來的賴文善，也是一臉不敢置信。

他垮下嘴角，不耐煩地抱怨：「拜託！只不過是在樓下而已，有必要用能力移動上來？」

申宇民義正嚴詞地回答：「哥的腰不舒服。」

秦睿直接肘擊他的肚子，但這人卻動也不動，腹部就跟石頭一樣，反而他的手肘還比較痛。

「你那身材到底是怎麼練的……」

「因為哥喜歡做愛不是嗎？既然如此身體練得壯一點，比較有持久力。」

秦睿真的不懂申宇民到底對他有怎麼樣的誤解，聽他親口說出這種話，而且還是在楊光跟賴文善的面前，讓他羞愧到想立刻鑽進地洞。

「申宇民，我不是……唉，算了。」他冷汗直冒，向另外兩人道歉：「不好意思，請你們忘記這笨蛋說的話，他的想法本來就跟其他人有點不同。」

「嗯，我明白……」

賴文善尷尬苦笑，說真的，他也不想跟申宇民扯上關係。

被這種人喜歡上的秦睿，真的有夠倒楣。

「秦睿說有話要講。」因為氣氛開始變得有些尷尬，楊光這才急忙轉移話題，「他下定決心要離開這裡，既然目的一樣，那一起行動也沒關係吧？」

楊光用那副充滿期待的眼神看著他，讓賴文善拒絕不了。

不過，他本來就沒打算拒絕，畢竟這次的事情讓他明白，光靠他跟楊光兩個人是沒辦法順利找到出口的。

已經拿到「Original」這件事，也得趁現在告訴秦睿才行。

「正好，我也有話想說。」

賴文善和秦睿對上眼，接著就將他和楊光遇到的狀況說出來。

因為是值得信任的人，所以賴文善沒有保留，秦睿聽完賴文善說的話之後，並沒有感到驚訝，反倒異常冷靜。

他摸著下巴思考，把自己掌握的情報告訴賴文善。

首先，他不顧申宇民憤怒的視線，將自己的能力說出來。

「我的能力是透過系統知道這個世界隱藏的情報。」

賴文善嚇一跳，他雖然知道秦睿的能力是跟蒐集情報相關，但沒想到竟然是這麼作弊的強大能力。

他悄悄看向楊光，發現楊光的反應跟他差不多，看來他也不太清楚秦睿真正的能力是什麼。

「哥，不是說好不把你的能力說出來嗎？」申宇民很不滿地摟著秦睿的腰。

秦睿頭也不回地說：「要合作的話就得說出來，怎麼？因為你不是唯一一個知道我實際能力是什麼的人，所以吃醋了？」

「那還用說。」

「這點小事而已，不要那麼容易耍脾氣。」

秦睿隨口安慰申宇民，接著繼續向賴文善和楊光解釋：「總而言之，我能掌握的情報量比以強還多，而且大部分都是跟『愛麗絲』有關，就像是突然得到這個世界的攻略本一樣。」

「怪不得你知道『A』跟『愛麗絲』之間的關係。」

賴文善雖然本來就有在懷疑，秦睿為什麼會突然知道那麼重要的情報，在聽完他的能力解釋後，一切就能說得通。

秦睿聳肩，「話雖如此，但我沒有辦法看到『Original』的資料，估計是因為能夠觀看它情報的人，只有『愛麗絲』。」

「這倒是不用擔心，因為『Original』就在這裡。」

賴文善邊說邊指著自己的胸口。

秦睿抖了下眉毛，半信半疑地盯著他，直到終於理解他在說什麼，才驚訝地張大嘴巴，喊出來：「什麼！」

「我也是不久前才發現它就是『愛麗絲』在找尋的『Original』，不知道為什麼，它跑進我身體裡面，然後就沒動靜了。」

「真的假的……」秦睿頭疼地扶額嘆氣，「說真的，我倒是沒想到會變成這樣。按照我所得到的情報，『愛麗絲』在獲得『Original』之後就會看見『門』，而那就是我們要找的出口。」

「門？我沒見到那種東西。」

「可能得用什麼方式才能觸發啟動條件吧。」

這是他唯一知道的，跟「Original」相關的情報，但從賴文善的反應來看，似乎還欠缺什麼。

秦睿搖搖頭，「總之，我原本還想說等你拿到它，就可以一起來研究，沒想到『Original』竟然沒有實體。」

「抱歉……」

「不，這不怪你，都是這該死的地方惹的禍。不管怎麼說，『門』是只有你才能找得到的，所以你只需要專心去找它就好，因為那就是能帶我們離開這個地獄的唯一出口。」

「知道了。」賴文善點點頭，「那麼那些『角色』該怎麼辦？牠們肯定還會來找我們麻煩吧。」

「會，不過你剛才說過『A』會跟牠們打起來……所以我想應該不需要太過擔心，至少牠們不會同時找上門來。只要牠們是落單行動，對付起來就不是什麼麻煩事。」

說完，秦睿轉頭看向楊光，指著他放在桌上的手錶說：「楊光，你的手錶功能是不是失效了？」

楊光眨眨眼，「你怎麼知道？」

「打從陣營戰過後，便利商店裡準備的物資就開始變得越來越普通，高階道具不但一個個開始失去效用，就連其他道具還有物資補充的頻率間隔也越來越長。」

「……便利商店受到影響？這怎麼可能。」

過去從沒有發生過便利商店產生的物資短缺，或是道具功能故障的事情發生，對於在這個世界裡生存的他們來說，便利商店是不可或缺的存在。

為了能夠讓能力者們活下去，便利商店總是無時無刻補充物資，自然而然就成為所有人的生活重心。

他們只需要想辦法保住自己的命，不被怪物和角色們殺死就好，不用擔心溫飽問題，時間一長，他們便自然將便利商店提供物資的事情視為理所當然的事情，從未想過有天它會發生這種狀況。

秦睿能明白楊光在想什麼，於是說出自己的看法：「表示這個世界正在走向滅亡，除此之外沒有別的解釋。」

「滅……滅亡？為什麼現在突然……」

「是因為我吧。」賴文善雙手環胸，冷靜地回答：「因為我是真正的『愛麗絲』。這個世界察覺到我的出現，進而做出這樣的判斷。」

「雖然沒辦法確定，但應該就像賴文善說的那樣。」

「……秦睿，如果我離開的話，其他能力者會永遠被困在這裡嗎？」

賴文善雖然不關心其他能力者的死活，但不代表他沒有身為人的良心。

聽見他這麼問，秦睿便苦笑回答：「這你不用擔心。」

秦睿會這麼說，就表示真的不需要煩惱。

雖然多少還是有些在意，但賴文善決定聽他的話，暫時不去思考其他能力者的生存問題。

畢竟他現在還得想辦法保住自己的小命。

「明天離開這裡後，我們要去哪？」

「去找『門』。」秦睿打開地圖，將畫面展現在其他三人面前。

賴文善沒想到秦睿竟然能夠像投影片一樣，將地圖顯現出來，不但畫質清楚，展開面積也很大。

「這能力真方便。」

「是吧？比看手機的地圖APP好多了。」

賴文善指著地圖北端的紅點問：「這就是我們要去的地方？」

「對，根據情報，『門』的位置在那裏。」

「既然你知道『門』的位置，為什麼現在才去找？」

「因為只有得到『Original』的『愛麗絲』能找到真的『門』，其他能力者過去的話沒有任何意義。」

「……這件事你是不是沒跟其他陣營首領講過？」

從茶會上的情況來看，很顯然地，秦睿並沒有把所有情報分享給其他能力者。是因為提防其他人，還是說出來沒有意義？無論原因是什麼，都讓賴文善再次體會到秦睿對於其他人所築起的心牆有多高。

若不是在百分之百確定的情況下，他絕對不會輕易把手中握有的底牌翻開。

「是你的話，也不會傻傻把自己手裡握有的王牌隨便扔出來吧？」

秦睿笑著反問賴文善。

賴文善笑了笑，同意他的話。

「真不愧是待在這個世界最久的能力者，城府有夠深。」

「想在這裡活下去，就得學會耍點手段才行，要不然我早就被別人抓去利用，你知道過去有多少能力者想要強行占有我的能力嗎？」

「大概能夠想像得出來，你的能力確實很誘人。」

「是吧！所以過去我真的過得超級辛苦，幸好我很聰明才能活下來，如果這個能力是其他能力者擁有的話，估計現在情況會變得更棘手。」

秦睿故意抬高自己的身價，試圖讓緊繃的氣氛稍微緩和下來。

賴文善明白他的用意，忍不住笑出聲。

「秦睿，你真的是個好人。」

「喂，別突然給我發好人牌。」

在嚴肅的交談過後，他們換成輕鬆的話題。

一旁的楊光和申宇民看到自己的戀人聊得這麼愉快，便不打擾他們，選擇安靜地待在他們的身邊守著。

直到肚子傳來咕嚕聲響，提醒他們該吃東西了。

「抱歉……」肚子發出聲音的，是賴文善。

他滿臉通紅，很不好意思地道歉。

畢竟他剛醒來沒多久，還沒來得及填飽肚子，申宇民就匆匆把秦睿帶過來。

「咳咳，我們先吃飯吧。」

「我同意。」

聽到賴文善肚子哀鳴的聲響，秦睿也覺得有點餓。

雖然對於未來還充滿迷惘，危險也尚未解除，但還是得先餵飽自己，才有力氣去思考那些亂七八糟的問題。

賴文善仍然很擔心，不知道下一步該怎麼做。

可是，現在的他選擇先享受和同伴們一起吃飯的短暫和平時光。

／

在分不清楚晝夜的世界裡生存，總是會忘記現在到底是哪一天，時間已經過去多久，即便能夠依靠手機顯示的時間來確認，但長久下來，體感會慢慢喪失對時間流逝的感覺。醒著就當白天，睡著就當黑夜，無論天空是明是暗，只要還能呼吸就好。

賴文善從口袋裡拿出裝著糖果的鐵盒，陷入思考。

他想起秦睿昨天提起道具失常以及物資減少的事情，就覺得自己更不能隨便亂使用糖果隱藏「愛麗絲」的存在，除此之外，他還有另外一件在意的事。

糖果能隱藏的只有「愛麗絲」，但現在「Original」在他的體內，也能一併用這個道具的能力隱藏起來嗎？

他沒有把握，也沒時間去確認，最後只是將鐵盒放入背包，沒有食用的打算。

「準備得差不多就走吧。」

在賴文善和楊光從樓梯走下來的時候，等得不耐煩的申宇民忍不住催促。他跟秦睿早早就在客廳等候，但這兩人卻拖拖拉拉的，浪費他們的時間。

這兩人和賴文善、楊光相反，沒有攜帶任何物資，兩手空空，就像只是去附近散個步而已，看起來根本不像是要離開這裡的樣子。

明明便利商店的狀態不佳、物資短缺，賴文善不懂為什麼這兩個人的態度還能如此泰然自若，似乎這件事對他們不會造成任何影響。

「慢吞吞地做什麼？」中宇民皺眉瞪著賴文善。

楊光擋住他不友善的目光，同樣沒給他好臉色看。

「我才想問你在急什麼，要是還想跟我們一起行動，就別老是用那種態度跟文善說話。」

「……嘖。」

中宇民沒有回嘴，但也沒有打算認錯。

秦睿不想浪費時間處理這些人的人際關係問題，攤手道：「因為路程有點遠，現在過去的話，到那邊可能也沒什麼力氣去找『門』，所以今天先趕路，明天再行動。」

「路程？難道不是用中宇民的能力移動過去嗎？」

楊光原本以為秦睿要利用中宇民的傳送能力，直接到達指定地點，但他的反應看起來似乎是打算靠雙腿走，這讓他覺得有點浪費時間。

秦睿知道楊光的意思，便老實告訴他：「使用能力過度也是會累的，傳送距離太長的話，就算是中宇民也會體力不支，要是他倒下，我們可就沒人保護了。」

簡單來說，在必要的時候再讓中宇民使用力量，會比較划算。

畢竟他們之中唯一能夠擊退「角色」的，只有中宇民，所以他會更希望中宇民能夠保存體力，以免有麻煩情況發生。

「這樣確實比較好。」賴文善同意秦睿的安排，雖然很耗時間，但至少能夠平安無事地移動到指定地點。

四人簡單確認彼此的狀況與攜帶的物品，準備離開三月兔的據點。

忽然，申宇民像是察覺到什麼動靜，一把摟住秦睿的腰，將人抱進懷裡。

賴文善和楊光看到申宇民的舉動，在意識到有異狀的同時，看到有幾個人從外面撞開大門，闖入屋內。

這幾個人看起來相當狼狽，不但傷痕累累，甚至還有同伴因為受傷過於嚴重，奄奄一息地，狀況看上去很不妙。

楊光也立刻把賴文善護在身後，四個人就這樣默不作聲旁觀這些人手忙腳亂地占據客廳空間，用力將門關緊。

「沒事吧！」

「暫時躲在這裡應該能爭取點時間。」

「先治療傷患！」

對方總共有十幾個人，因為人數比他們多很多，所以沒辦法輕舉妄動。

——賴文善原本是這樣想的。

就在這些人把門關上後，一聲不吭的申宇民突然黑著臉操控影子，眨眼速度就將這些人的腳踝緊緊纏住。

這些闖入者因為過於慌張，根本沒有注意到他們四個人的存在，直到發現不對勁才哇哇大叫。

「搞什麼！」

「難道這裡也有怪物嗎！」

「該死，明明幾天前智蟲過來勘查的時候沒發現異狀！」

他們太過吵鬧，讓申宇民的心情越來越糟糕，在他開始打算用影子捆住這些人的脖子時，秦睿走了出去。

這些人看到秦睿，嚇了一大跳，其中很快就有人認出他的身分。

「睡鼠首領！」

「媽的，這傢伙在這裡的話不就表示……」

看見秦睿的瞬間，他們的臉色瞬間慘白到極點。

他的出現就表示申宇民那瘋子也在這，雖然那傢伙很強，但是卻很可怕，只要是能力者都知道，最好離這人越遠越好。

仔細一看，果然申宇民就站在秦睿身後，而且還用想要殺死他們的恐怖眼神瞪著所有人。

被申宇民的威嚇嚇到忘記回答秦睿問題的闖入者們，還在發呆，大門外就突然傳來重物撞擊的巨響。

碰！

碰碰碰碰碰……

先是一聲沉重響亮的槌擊，接著是如冰雹墜落般連續打擊的聲響，就像是要把門毀掉一樣，隨著聲音越來越響亮，門上也開始出現凹痕。

「喂，是什麼東西在追你們？」

申宇民皺緊眉頭，質問這些驚魂未定的人。

他們不敢無視申宇民的提問，七嘴八舌地回答。

「是怪物！」

「那些傢伙過去從來沒有離開過便利商店附近，但不知道為什麼，突然開始追殺其他能力者。」

「牠們莫名其妙出現在陣營裡，不只是我們那邊……白兔的幾個據點都被牠們侵略，我們好不容易才逃出來！」

秦睿冷冷掃視這些人的表情，他的能力雖然沒辦法判斷這些人說的話是真是假，但是可以看見這些人的基本個資。

這些人全都是白兔的能力者，而離這邊最近的白兔陣營，是這段時間才建立，人數比較少的小型據點，所以他們說的話並沒有什麼太大問題。

就在秦睿思考是不是該相信這些人的時候，門外傳來其他人的怒吼聲。

「快給我滾出來！怪物！」

「瘋了嗎？這些東西什麼時候學會鎖門的？」

賴文善和秦睿震驚地看著彼此，對於眼前的狀況一臉茫然。

這是怎麼回事？不是說追趕牠們的是怪物嗎？

「這、這個世界有會模仿能力者說話的怪物？」

賴文善半信半疑地問，但秦睿和楊光卻搖搖頭。

「不可能會有，怪物基本上沒有智商，牠們不過是受到控制的傀儡。」

「秦睿說得沒錯，所以現在這個狀況很不尋常。」楊光附和秦睿的解釋，並用力抓住賴文善的手，像是在擔心什麼。

至於從頭到尾都很冷靜的申宇民，將捆住這些能力者腳踝的影子收回後，冷不防地開口：「我確認過了，外面確實也是白兔的人，附近沒有任何怪物的蹤影。」

擁有影子能力的申宇民，即便不用開門也能確認外面的狀況，雖說沒有怪物出現是好事，但問題是為什麼這些能力者會誤把對方當成怪物？

「是精神操控的能力者搞的鬼嗎？」賴文善忍不住往這方面想。

秦睿確認地圖，透過自己的能力將附近所有紅點標記者的能力全數確認完畢，搖搖頭回答：「不，沒有。據我所知『目前』有這類能力的人都不在這附近。」

「那就是『角色』搞的鬼了。」

「我也是這麼想。」

收起透明螢幕的秦睿，轉而看著那些陷入恐慌的能力者，以及那扇快要被撞破的門，頭痛萬分。

「我們現在沒有時間被這種事牽扯進去，從後門離開吧。」

這群驚慌失措的能力者當中，似乎有人聽到秦睿說要拋下他們離開的話，瞬間臉色大變，不顧一切衝上來，想要阻止秦睿離開。

但，在他接近秦睿之前，就已經先被影子捲住頸部，影子用力地向內擠縮，壓住他的喉嚨，讓他難受到無法發出聲音求救。

中宇民黑著臉走到他身旁，眼眸閃爍的厲光，令人窒息。

「我放你們自由，你還不知好歹地靠近那個人，是想死嗎？」

「噫——」

恐嚇完之後，中宇民解開捆住這個能力者的影子，抓住他的腦袋，用力砸向牆壁。

他沒有使用能力，而是將自己本身的力量展現出來，瞬間就讓其他能力者徹底失去接近他們的意圖。

雖說是自己的小男友，但秦睿覺得中宇民真的越來越像遊戲裡的最終大BOSS，連他偶而也會對中宇民的行為感到提心吊膽。

他不是害怕中宇民，而是怕中宇民會去傷害其他人。

然而這短短幾分鐘的攔阻，讓他們四個人失去離開這裡的最佳時機。

大門被撞爛，外面的能力者迅速衝進屋內，第一眼就確認在秦睿等人附近，被他們視為「怪物」的能力者，不說分由便發動攻擊。

楊光和中宇民見狀，各自帶著自己的戀人閃避開來，屋內的能力者們並不打算妥協，即便害怕、恐懼，仍舊展現能力對抗闖入者。

在這些能力者眼中，他們是跟怪物戰鬥，可看在身為旁觀者的四人眼裡，完全就是自己人打自己人的荒謬畫面。

「不行了，得趕快離開。」賴文善雖然也很想幫忙，但那些人根本就是把對方往死裡打，沒辦法阻止，也不知道該從何下手。

四個人決定按照原定計畫，從後門溜走。

可是，賴文善的注意力卻被傳入耳中的歌聲吸引，那個聲音就像是排除其他雜音，乾淨明亮，不受到任何干擾。

音調愉快卻充滿挑釁的意圖，自由自在不受拘束，卻又像是個操控一切的旁觀者，讓人下意識提升戒心。

明明沒有任何想法，但賴文善卻彷彿受到吸引般，猛然轉過頭去。

在兩方能力者亂站的客廳正上方，有盞水晶吊燈。

它輕輕地左右搖晃著，像是被風吹動，問題是屋內根本沒有任何風。

一條尾巴從吊燈內部鑽出來，懸掛在邊緣，像條毛毛蟲左右扭動。

粉與紫的色彩慢慢從尾端蔓延，直到將那透明的物體染上色彩，顯現出牠原有的姿態。

賴文善看到牠，倒抽口氣，而牠也目不轉睛地盯著他看。

——是柴郡貓！

"Purr……"

牠發出愉悅地呼嚕聲，彎起雙眸，如上下顛倒的新月。

銳利、冰冷、挑釁。

所有的感情全部融入在牠注視著賴文善的視線當中，直到被臉色鐵青的楊光擋住為止。

「申宇民！」

「嘖，別隨便命令我。」

申宇民很不滿，但仍抬手將手指往上一指，腳下的影子瞬間攤平成大片黑色布幕，包覆住四人後旋轉扭曲，短短不到幾秒鐘時間便消失在柴郡貓的視線中。

柴郡貓瞇起眼，身體慢慢變得透明，直到最後只剩下那張維持笑容的貓嘴，咚咚咚地從吊燈跳下來，一步步走向四人消失的位置。

「呃啊啊啊！去死吧怪物！」

「就算死我也要把你們這些傢伙拉進地獄！」

白兔陣營的能力者們，如同中毒般將昔日的同伴視為怪物，直到對方嚥氣為止，發瘋似的砍殺對方。

鮮血與碎肉淹沒了客廳的每個角落，在最後一人倒地不起過後，這場亂象才終於停歇。

血肉模糊的場景，就像是發生過慘案的凶宅，這樣的景色與賴文善之前去過的電梯公寓大樓十分類似。

然而，賴文善根本沒有注意到這件事，就這樣逃走了。

柴郡貓愉悅地哼著歌，嘴巴像是懸浮在半空中，左搖右晃，踏著輕快的步伐，直到完全消失不見為止。

看不見身影，然而哼唱聲卻仍迴盪在四周。

"Alice, poor Alice."

"Where are you going? Where can you go?"

"Poor alice. Stupid alice……"

"Come and play, peek-a-boo."

伴隨著聲音變得越來越輕，柴郡貓完全消失不見。

在這之後沒過幾分鐘，另外一批人來到被踹爛的大門口。

屋內的血腥味到與支離破碎的屍體，怵目驚心，任人看了都會反胃想吐，可是這群人卻早就已經習慣這個場面，戴著口罩，神色自若地走進來。

他們檢查死者的狀態，確認是否有生還者，並將搜索結果向門外的男人報告。

「首領，沒見到白兔首領的屍體。」

「是嗎……」河正輝鬆了口氣，用手指輕輕磨蹭握在掌心裡的眼鏡。

鏡片已經破裂毀損，但鏡框卻完好無缺，很顯然是某個人遺留下來的物品。

「繼續找，既然智蟲和睡鼠不打算幫忙，我們就只能靠自己了。」

河正輝果斷帶著自己的手下頭也不回地離開，往賴文善等人消失的反方向繼續尋找消失不見的白兔首領。

他只能祈禱，找到那個男人的時候，還不算太晚。

Chapter 06 貓與白兔

陣營戰過後，白兔與柴郡貓的勢力在失衡的狀態下，變得岌岌可危。

他們和自認為是少數菁英的紅心騎士不同，意識到現在的勢力正在向智蟲傾斜，擁有一切資源的他們，手裡甚至握有能夠離開這個世界的關鍵王牌。

原本只是想觀望，但沒想到事情會演變到這種地步，讓沒有參與的兩個陣營產生強烈的不安感，事後吸收那些陣營裡的能力者，也不過是想從他們口中取得一些情報。

問題是，這些人根本什麼都不知道，握有關鍵情報的相關能力者，早就已經被智蟲事先處理掉，所以他們完全就像是無頭蒼蠅。

為了不被智蟲視為威脅，他們主動提出聯繫，並試圖再次召開「茶會」，想當然爾，智蟲並沒有接受，更不用說幾乎不再干涉陣營事務的睡鼠，有問跟沒問差不多。

雖然早知道中宇民對秦睿有多麼執著，但陣營戰過後，這兩人根本把自己當成這個世界的統治者，讓人十分不快。

話雖如此，但他們和三月兔、瘋帽最大的不同，就是並沒有打算利用這些優勢來打壓其他能力者，也因為這樣，即便討厭他們，白兔和柴郡貓的首領仍試圖想要跟他們進行友善交流。

然而就在被拒絕不知道第幾次過後沒多久，白兔陣營突然被襲擊。

襲擊發生的位置並不是在據點之外，而是從他們據點中心的某個能力者開始。

當時柴郡貓首領河正輝碰巧來訪，目睹了白兔據點陷入混亂的瞬間。

一名能力者像中邪一樣地突然開始攻擊周圍的同伴，嘴裡不斷大喊「我要殺光你們這群怪物」的奇怪言論，剛開始所有人認為是這個人精神有問題，但，就像是擴散的病毒，能力者一個個都把身旁的同伴視為怪物，互相殘殺。

河正輝見到這個情況後，立刻帶著手下撤出這個據點，當下他就覺得情況不太對勁，於是便決定到白兔陣營的主據點，也就是白兔首領所在的位置去察看情況。

然而當他到達那裡的時候，白兔陣營的主據點已經陷入火海，一片狼藉。

混亂中還能聽見能力者們互相叫囂，內容跟之前在據點裡遇到的狀況差不多，大家都把彼此當成入侵據點的怪物，所以才會不分青紅皂白開始攻擊。

「首領，這個情況該不會是……」

「嗯，看來不會有錯。」河正輝瞇起眼，站在附近的山崖觀察竄起黑煙的白兔據點。

——這是「柴郡貓」搞的鬼。

他們陣營會用柴郡貓的名字來稱呼，是因為他們是專門研究這個「角色」，並試圖捉捕牠的陣營。雖然長久下來沒有成功過，但他們對於「柴郡貓」所擁有的能力與應對方式，比其他陣營都要來得熟悉。

這個世界裡的「角色」都擁有各自的特殊能力，就像被智蟲陣營囚禁的「智蟲」擁有這個世界所有的知識，「柴郡貓」則是有著能夠蠱惑人心、無所不在的穿透能力。

這隻貓一直以來都是能力者們最頭痛的「角色」，大部分的人都會盡量躲得越遠越好，不敢想像被牠盯上後會有什麼樣的下場。

「角色」不會主動攻擊能力者，所以「柴郡貓」不會殺他們，只是把能力者當成玩具一樣戲耍，但這次很明顯跟過去不同。

「柴郡貓」正在使用自己的能力，誘使能力者互相殘殺，這種間接殺人行為，無疑就是針對他們所展開的攻擊。

「首領，白兔有一組人從後門逃走了，要追過去嗎？」

「追。」

河正輝率領手下前往，很快就找到那群傷痕累累的人。

確認「柴郡貓」沒有出現在附近後，河正輝才接近他們，但情況比想像中更棘手，因為這些能力者也把他們當成怪物。

「這些東西從哪冒出來的！」

「啊啊啊不要過來！」

一陣混亂後，白兔的人朝他們開槍。

河正輝立刻帶著其他人躲起來，對於這個情況簡直哭笑不得。

他曾聽說過白兔持有從便利商店取得的特殊道具——手槍，但沒想到竟然會在這種情況下成為槍口的瞄準目標。

「該死！首領，情況不太妙啊。」

「沒辦法了。」河正輝眼眸發出閃亮光芒，囑咐其他人：「躲好，在我下達指令前別出來。」

「是。」

河正輝獨自從後方接近這群能力者，見到他冒出來，白兔的人嚇得使用能力反擊，而持槍的那個能力者則是站得遠遠的，沒有靠近的意思。

藉由這點，河正輝確定了幾件事。

第一，衝出來的這些能力者是有攻擊能力的，第二，只有那個人持有手槍，是因為他的能力沒有辦法保護自己。

確認完畢後，河正輝深吸口氣，一瞬間他的身邊被無數顆水珠包圍，並慢慢凝聚成一大片的水波。

「什、什麼？」

「怪物怎麼會有這種能力……」

這些能力者似乎還沒有被解除受到控制的精神，只是對於能夠操控水的他感到恐懼，迅速決定從河正輝的身邊撤離。

但，腳力怎麼可能比得上水的速度。

水波迅速捲住所有人的頭部，所有人痛苦不堪地跪倒在地，因缺氧而陷入溺水狀態，唯獨持手槍的能力者沒有被攻擊。

他驚魂未定地看著河正輝走向自己，一邊喊叫著一邊朝他瘋狂開槍，直到再也射不出子彈為止。

河正輝沒有閃躲，只是安靜地走到他面前。

這個能力者射出的子彈，全部被他包覆在水球裡面，失去殺傷力，也沒有在河正輝身上留下任何傷勢。

能力者用絕望的表情，咬緊嘴唇，恐懼到極點。

河正輝面不改色地舉起手，狠狠朝他的後腦杓揍下去。

把人敲暈後，河正輝單手扶著他癱軟的身軀，並示意躲藏起來的手下們出來。

他解開套牢在其他人頭上的水球，所有人倒地，瘋狂咳嗽，完全沒辦法再對他們出手，無法反抗的情況下，被河正輝的人五花大綁，並注射麻痺藥物。

「可……可惡……」

「該死的……怪物……」

看著這些能力者倒地掙扎，還把「怪物」兩個字放在嘴邊，其他人也只能苦笑。

河正輝的手下走過來，見他抱著一個男人，便挑眉問：「首領，你看上這傢伙了？」

「並不是好嗎。把人打暈就能解除『柴郡貓』的控制，這你也知道的。」

「明明可以一視同仁，用同樣的方式處置這傢伙，但你卻唯獨沒有出手，這難道不是別有用心？」

「是因為這個人的能力不是攻擊性的，所以等他子彈用完，就沒有任何反抗能力，想問情報的話比較方便。」

「哼嗯——行吧，首領你說了算。」

很顯然，他的手下並沒有把他的話當真。

河正輝只是想要知道白兔陣營發生什麼事而已，還有就是，確認白兔首領的生死。如今能力者的人數正在大幅被削減，從之前的陣營戰開始到這次的誘導性襲擊，全都是「角色」在背後搞小動作。

不同於以往的積極行為，就算手邊掌握的情況再少，也能推敲出原因。

「『角色』跟怪物們不想讓我們活著離開，所以突然開始追殺我們……你能明白這是什麼意思嗎？」

他的手下無奈聳肩，「抱歉，我沒那麼聰明。」

「我想也是。」

「所以你是首領，而我只是掛在首領屁股後面的魚大便。」

「……你就不能用更好聽一點的方式來形容嗎？」

「臨時想不到其他形容詞嘛！」

河正輝感到無奈，為什麼他的手下都是這種不擅長思考的笨蛋。

「中宇民那傢伙不是帶著『愛麗絲』他們去找出口了嗎？這些『角色』知道他們一定會成功，所以才會開始做出以前不曾有過的行為。」

「能成功？意思是我們真有機會離開這鬼地方？」

「嗯，沒錯。」

「那我們不是應該要趕快去找智蟲首領嗎！」

「……如果我猜得沒錯，應該不用我們主動。只要那些傢伙找到出口，其他能力者也都能離開。」

河正輝歪著頭，將視線撇向冒出黑煙的白兔據點，「我們只要想辦法在他們找到出口前活下來就好。」

手下搔搔頭，實在無法理解河正輝的意思。

總而言之，他只要跟著河正輝就對了吧。

「去跟其他人說，這段時間『角色』的攻擊會越來越頻繁，想離開的話就努力活下去。」

「知道了。」

河正輝看著手下去跟其他人交談，轉達自己的命令，轉而將視線往下移，盯著被自己拎在手臂裡的嬌小身軀。

「總之，能救幾個是幾個。」

抵達出口並不是離開這個世界的方式，而是有點像是完成目標的行為。

只要「愛麗絲」能夠找到出口，還存活下來的能力者就能一起離開這個世界，也就是說，這個世界會被摧毀。

能力者重新回到現實世界的同時，「角色」所存在的世界會消失，而牠們一方面想要阻止「愛麗絲」，另一方面也不打算讓能力者活著逃出去。

原本這就是個只進不出的世界，即便「角色」不出手，放著不管，能力者也會慢慢走向死亡，所以當「角色」開始追殺他們，才讓河正輝意識到這件事。

除此之外沒有別的理由解釋現在的情況。

「喂，我們走。」河正輝向其他手下吆喝，「把那些麻痺的傢伙打暈後，扔在附近的安全屋裡面，剩下就讓他們自己去處理。」

「那首領你手裡拎著的那個人呢？」

「等我問完白兔首領是死是活之後就扔掉。」

手下們明白後便開始照他的命令行動，而河正輝則是先和少數幾個人前往安全屋，打算先把這個人喊醒後確認白兔據點的狀況，再思考下一步該怎麼做。

「愛麗絲」有他的事情得做，至於他，只要做自己能做得到的事情就好。

就先從救人開始。

／

河正輝帶著自己的人，一邊協助把白兔的人敲暈，一邊試圖尋找白兔首領的下落，可惜仍然沒有得到任何收穫。

被「柴郡貓」操控的能力者大多都搞不清楚狀況，他們只知道身旁突然出現怪物，之後就只剩下跟同伴拚命逃跑的記憶。

「柴郡貓」巧妙使用自己的能力，將能力者分別組合成幾個小團體，這就是為什麼能力者只能看得見部分同伴變成怪物的模樣，而不是全部。

以那隻貓的智商，河正輝很清楚牠是為了增加真實性才這樣做，而且團體之間的互毆損害率更高。在親眼目睹同伴被殺害後，其餘能力者會產生報復心態，而這就是「柴郡貓」想要看到的結果。

卑劣的怪物，將生命視為玩物——這就是「柴郡貓」。

河正輝陣營中的人，大部分都是能夠對抗精神系控制的能力者，雖然戰力平均，並不如白兔或智蟲這類大型陣營，但只要聯手的話，他還是有信心能將「柴郡貓」拿下。

自從「柴郡貓」因攻擊賴文善失敗而被申宇民打傷後，牠消失一段時間，也正好給了河正輝趁勝追擊的理由，然而事情並不如他想得那樣順利。

「柴郡貓」就像從這個世界消失了一樣，直到現在才又出現，而且一出現就如此直接了當地對能力者出手。

但問題是，「柴郡貓」絕對不會做沒有意義的行動，牠會選擇先從白兔下手，估計也是因為白兔陣營目前的能力者總人數和智蟲不相上下。

若想要大量減少能力者，白兔陣營是最佳的攻擊選擇。

「首領，有個人說想要見你。」

剛把一批白兔陣營的能力者送回安全屋的河正輝，進門沒多久就聽見手下向他報告這件事。

河正輝把人放下後，轉身看著對方。

「幹嘛？我很忙。」

「他說他有看到白兔首領。」

眼看總算找到一絲線索，河正輝急急忙忙衝出房間，「在哪？帶我去見他。」

「是。」

他的手下很意外，沒想到河正輝這麼擔心白兔首領。河正輝跟白兔首領老是鬥嘴，所以他一直以為這兩個人關係不好，現在看來好像跟自己料想的有些出入。

河正輝來到門口，發現有個男人正被他的手下團團圍住，一臉驚嚇過度的模樣。

他一眼就認出來，這個男人是白兔首領的搭檔。

「怎麼只有你？那傢伙不可能丟下你一個人到處亂跑吧！」

「對、對不起……」男人不斷顫抖，看見河正輝之後，哭到停不下來，「顏誠跟我說，如果有、有什麼萬一的話，就叫我從緊急逃生通道離開，去找你幫忙……」

顏誠是白兔首領的名字，雖然過去河正輝本來就不喜歡聽到這個膽小的男人用那該死的親密態度喊這個名字，但如今他卻不在意了。

他黑著臉，用力抓住男人的肩膀，厲聲問：「到底發生什麼事？顏誠在哪？」

「我、我不知道……」

男人被河正輝嚴肅的態度嚇到結巴，差點咬到舌頭。

河正輝不耐煩地咂嘴，「嘖！你不是說你有看到他？」

「我、我離開據點後躲、躲在附近，原本顏誠說、說要來接我，可是等到他出現的時候，卻、卻把我當成怪物，想、想要殺死我，我就……逃跑了……」

「然後呢？」

「我、我在逃跑的時候，顏誠他們遇到另外一批人，後來就……就往據點的東邊走，沒、沒有再跟著我。」

「據點東側是嗎。」

得到想要的線索後，河正輝便把人拋下，立刻帶著幾名手下往男人所說的方向直衝而去。

看樣子顏誠應該也中了「柴郡貓」的招，而他沒有追擊落單的男人，轉去攻擊人數較多的團體，估計也是在衡量過危險性之後做出的選擇。

以顏誠的個性，肯定很急著找到自己的搭檔，畢竟那個男人所擁有的能力是「加速」，除此之外沒有其他攻擊的手段，如果遇上比自己速度還快的怪物，完完全全就是死路一條，所以顏誠才會先讓他一個人逃走。

「哈！我老早就提醒過，別選那種能力弱到爆的傢伙當搭檔，選我不就好了嗎。」

河正輝黑著臉，憤恨不平。

照著男人的指示，他去搜索白兔據點的東側位置，卻只找到戰鬥過後留下的屍體與大量鮮血。

雖然他沒有在屍體堆中發現顏誠，卻找到他遺落的眼鏡。

將它撿起來，緊握在手中，河正輝起身繼續帶著手下在那附近搜索。

由於氣味越來越重，空氣裡滿是鮮血的噁心味道，濃烈到讓人無法忽視，但沒能夠阻止河正輝的搜索行動。

他們戴上口罩，繼續沿著血跡找人，最終來到三月兔陣營位於智蟲據點附近的房屋。

當他們到達現場的時候，已經太遲，雖然仍然沒有發現顏誠的蹤影，但至少也沒看到他的屍體。

「首領，那隻貓不久前好像還在這裡。」

「什麼？」

聽到擁有追緝能力的手下說的話，才剛打算離開的河正輝，又折返回來。

手下向他解釋，同時幸運地捕捉到「柴郡貓」留下的痕跡，這讓他們擁有能夠追蹤那隻貓的手段。

「首領，要先處理掉『柴郡貓』嗎？」

雖然大家都知道河正輝很擔心白兔首領，但也相信他不會因為私人情誼而錯失這次的機會。

河正輝看著手下手掌心裡握有的紫色貓毛，皺緊眉頭，頭痛萬分地按摩皺起的部位。

「……我去追那隻貓，剩下的人繼續去找白兔首領。」

「首領，我知道你很擔心白兔首領，但這樣人手太少了。」

「三個人綽綽有餘，而且那隻貓應該還沒完全恢復，不然也不會這樣躲躲藏藏的，這是抓住牠的好機會。」

手下們雖然對於河正輝過剩的自信仍有些擔憂，不過他們也認為河正輝不會做沒有把握的事，於是最終他們分成了三人與四人隊伍，各自分開。

河正輝把顏誠的眼鏡放入口袋，帶著有追緝能力的手下，以及能夠反抗「控制」能力的另外一名手下去捕捉「柴郡貓」。

「首領，這邊。」

「別讓牠逃走，加快速度。」

「是！」

這名手下的能力，是可以捕捉殘留物來追蹤生物移動的跡象，很適合用來觀察怪物的行動範圍與方向。雖然他大部分都是透過腳印或爪痕等來捕捉，但如果有目標本身的身體組織，就能達到更完整的追蹤效果。

例如頭髮、指甲，或者是現在被他握在手掌心裡的貓毛。

也許是因為「柴郡貓」離開沒多久，所以他們能夠在很短時間內接近牠的位置，但在尾隨「柴郡貓」的時候，牠發現還有另外一群人也在追殺那隻貓。

橫跨過眼前的樹林，來到比較空曠的平地區域後，兩組人馬也毫無保留地出現在彼此的視線範圍內。

河正輝嚇了一跳，對方也很驚訝，雙方人馬同時反射性地拉開安全距離，提高警戒心，像是隨時都有可能打起來似的。

原本河正輝還有些不耐煩，急著想要去追「柴郡貓」的他，並不想浪費太多不必要的時間，直到他發現對面的人很眼熟。

「顏誠？」

不料，他才剛喊出對方的名字，一連串的攻擊就朝他打過來。

河正輝的手下還沒反應過來，只能用手臂遮擋，幸好河正輝沒有完全放下戒備，立刻就揮出一面水牆把所有攻擊擋下來。

「嘖……果然，控制還沒解除。」

他知道顏誠和他的人會突然發動攻擊，是因為還受到「柴郡貓」的控制，並不是本意。

而在看到他防禦時所使用的能力後，顏誠很明顯嚇了一跳，似乎是懷疑為什麼眼前的怪物使用的招數很眼熟。

「該死！」河正輝取消了水牆，將眼鏡從口袋裡拿出來，扔向顏誠。

顏誠慢半拍，沒反應過來，只能下意識地抬起手接住飛過來的物品。

當他發現對方扔過來的是他遺失的眼鏡後，耳裡就聽見河正輝的怒吼。

「媽的，顏誠你給我打起精神！看清楚我是誰！」

「柴郡貓」的操控能力會隨著時間慢慢削弱，維持的時間也有限，以事情發生的時間點來看，現在只需要一點刺激就能夠解除「柴郡貓」的控制。

正巧，他也懶得把顏誠打暈，畢竟他不是那麼容易就能對付的攻擊目標。

果然，就跟他預料的一樣，顏誠在看到自己的眼鏡後，頭不斷產生刺痛，讓他難受地皺緊眉頭，大顆汗水一滴滴落下。

「哈……哈啊……」顏誠大口喘息後，眼前被白霧籠罩，模糊不清。

他閉上眼，冷靜幾秒後再次睜開，這時他發現自己的視線似乎變得比之前還要清楚。眼前根本沒有半隻怪物，只有那雙對著他發怒的不耐煩目光。

「……河正輝？」

河正輝不耐咂嘴，「看樣子你的腦袋終於恢復正常了，傻子！」

顏誠然有些暈眩、意識渙散，被河正輝一吼，頭痛欲裂。

他身旁的手下也同樣如此，甚至有人比他的狀況更糟糕，直接倒地。

這個狀況也在河正輝的預料之中。

「柴郡貓」的操控變弱，就可以靠暗示的方式來讓人清醒，當被操控的團體中有一人開始恢復狀態，跟那個人同個時間被控制的同伴也會清醒過來。

河正輝原本想接近查看顏誠的狀況，但手下卻突然對他說：「首領，那隻貓就在附近。」

剛想要踏出去的腳步頓了一下，慢慢收回。

他轉頭環顧四周圍，平心靜氣地垂低眼眸，提高警覺。

將手臂平放，示意其他人不要亂動，他的手下全都乖乖照做，而顏誠那群人因為意識混亂，並沒有注意到他們在幹嘛。

河正輝的能力是「水」，簡單來說他能操控水，無論是在空氣中或是附近的湖泊，甚至是大海，只要含有H_2O的元素，他就能進行控制。

雖然這個能力乍看之下很強，卻有距離限制，也就是說他無法操控離自己太遠的水域。在沒有水的地方，他能透過空氣蘊藏的H_2O來凝聚出水珠，即便很花時間，卻是他隨時能夠取得攻擊武器的唯一方式。

除此之外，他可以控制自然界的水，但無法控制生物與植物體內的水。

能力的限制，讓他沒辦法發揮全力，即便如此，也不會影響他的戰鬥力。

各陣營的首領所持有的能力，都是最強大的，只有強者才能率領、約束其他能力者，可是仍有能力在他們之上的「怪物」。

申宇民便是其中之一。

「首領，要繼續追蹤那隻貓嗎？」

「當然要追，絕對不能錯過這次機會。」河正輝飛快下達指令，並轉頭對顏誠說：「我得走了，你應該沒問題吧？你的人我先暫時安置在我的安全屋，位置你知道的。」

「不，我跟你一起走。」顏誠的臉色仍然有些蒼白，但他卻在稍作喘息後，戴上眼鏡，輕輕一推，「我不能容忍那隻貓恣意玩弄我的人。」

河正輝本想阻止，但看到顏誠堅定的態度後，嘆了口氣。

「我阻止不了你對吧？」

「對，我要讓那隻貓付出代價。」

「……好吧，我讓你跟。反正我也缺人手。」

臨時組成的獵貓小隊，並不算特別強勢，但顏誠的人恢復意識後，都同樣對於自己被「柴郡貓」控制這件事而感到憤怒，即便身體狀態不好，仍要纏著河正輝等人。

河正輝沒有告訴他們白兔陣營自相殘殺的事，一是覺得情況不適合，二則是認為這樣很有可能會影響到他們的行動。

他和負責追蹤的手下走在前面，白兔的人位於中間，最後再由他的另外一名手下殿後。一群人就這樣來到尖石區。

這附近明明沒有山崖，卻有許多巨大的石塊，它們非常尖銳，像是被鐵削過，呈現出不規則的切痕，雖然可以踏著它們走過去，但危險性卻相當高。

要是一個不小心摔倒的話，就不是擦傷、擦傷這種小事，而是直接被尖銳的切口部位直接穿刺肌膚，造成大量出血，甚至死亡。

河正輝和顏誠知道這個地方，只不過他們很少來，畢竟誰沒事會往這種崎嶇地形跑，更何況這裡什麼也沒有。

「首領。」

手下的一聲提醒，讓河正輝停下腳步，跟隨在後方的人們默不作聲，眾人抬起頭，看向負責追蹤「柴郡貓」下落的男人手指的方向。

在最大的一顆尖石上方，有隻貓的身影，雖然因為背光的關係，看不太清楚，但所有人都知道那就是「柴郡貓」。

河正輝和手下對視，點頭示意後，帶路的手下便從包裡拿出薄荷糖鐵盒，將裝在裡面的白色藥丸分給河正輝和另外一名手下。

「喂，那我們呢？」顏誠見他直接略過白兔的人，很不滿地皺眉。

河正輝直視貓的身影，頭也沒回地解釋：「這是短時間內避免被魅惑控制的特殊道具，雖然現在這個時候，我不太有把握它有沒有效果，但也只能試試看。至於你們的話，倒是比我們安全很多，因為被那隻貓的能力控制過後，會有一段時間的免疫能力，也就是說牠現在控制不了你們。」

「哈……不愧是最了解那東西的陣營。」

「少耍嘴皮子了，如果我們被控制，就得輪到你來讓我們清醒。」

「知道了。所以現在是要殺了牠？」

「就算殺死也只會讓牠復活，還不如抓起來。」

「嘖，這難度很高啊。」

「把牠打暈就好，或是讓牠逃不掉。」河正輝看了顏誠一眼，「你有甚麼能用的道具嗎？」

「有是有，但現在我有點懷疑它還能不能正常運作，你也知道的，特殊道具的效用正在慢慢消失。」

「就算如此，我們也只能硬著頭皮嘗試。」

「行，你說的算。」

顏誠答應後，運用自己的能力，將手伸向什麼都沒有的地方，幾秒鐘過後，取出像是攀岩繩一樣的物品。

這是顏誠的能力「空間存儲」。他能自由使用沒有上限的異空間作為倉庫使用，所有的物資都能夠存放在裡面，甚至存儲的物品不會受到時間影響，能夠永久保存。

雖然顏誠的能力並不屬於攻擊系，而是輔助性質，但由於顏誠本身很擅長格鬥，射擊能力也有一定的水準，所以這樣的能力配合他本身的實力來說，是最完美的搭配。

對河正輝來說，他就是萬能的哆啦●夢。

當然，顏誠本人非常討厭這個形容詞。

「我會負責抓住牠，你的人來幫忙把牠捆起來。」

「知道了，小心點。」

在和顏誠談妥行動方針後，河正輝就立刻攤開雙手掌心，從四周圍凝聚水珠，同時他的手下也退至後方負責輔助。

這附近能操控的水氣並不多，河正輝知道「柴郡貓」是故意把他引到這裡來的，而牠那副毫不畏懼的態度，也讓人不爽。

「……哈！以為把我帶到這種地方來，就能削弱我的攻擊？」河正輝垂低眼眸，面無表情盯著那隻始終面帶微笑的貓，「我可沒有你想像得那麼好對付，臭貓。」

顏誠等人明確感受到周圍的空氣變得很乾澀，呼吸起來讓人覺得不太舒服，下意識遮住口鼻。

河正輝的兩名手下似乎就是要預防這樣的狀況發生，所以戴上口罩，就連河正輝本人也一樣。

在確認水量到達能夠進行攻擊的程度後，河正輝衝上前，像隻靈活的山羊，跳上石頭直衝到「柴郡貓」面前。

水波化為巨大手掌，狠狠拍下去，但「柴郡貓」閃避的速度更快，讓河正輝撲空後鑽到他的頸部，用身體捲住他的喉嚨，緊緊掐住。

「柴郡貓」一開始以為自己成功限制河正輝，回過神來才發現牠的身體根本沒有接觸到河正輝的肌膚，河正輝不知道什麼時候，先牠一步用水波環住頸部。

當「柴郡貓」發現這件事的時候，已經太遲。

水波唰的一聲成為大片波浪，捲住「柴郡貓」的身體。

「柴郡貓」迅速跳開，拉遠距離，試圖甩掉纏繞住身體的水波，卻沒有成功，水波就這樣從身體蔓延到頭部，限制住牠的呼吸。

似乎是被這層水惹怒，「柴郡貓」突然脹大身體，體型增長兩倍，直接靠蠻力把纏繞在身上的水震飛。

因為水量有限，所以河正輝沒辦法在牠改變體積後繼續用水波抓住牠，急忙將震飛的水收回，在有限的情況下，他不能白白損失武器。

「柴郡貓」張大嘴，發光的眼眸狠狠瞪著河正輝與顏誠等人，強烈的壓迫感讓所有人下意識往後退。

然而，就在所有人拉開距離的同時，突然有個巨大的物體從旁邊衝過來。

牠的體型比「柴郡貓」大十倍，奔跑時還會發出沉重的「咚咚咚」聲響，讓人無法忽略牠的存在。

這個動物無視面前所有的障礙物與尖石，一路直接撞碎，衝向「柴郡貓」所在的位置。

所有人感覺到地面在震動，在看到龐然大物衝過來的瞬間，全都壓低身體。

碰！

巨大的撞擊聲，以及急速揚起的塵土，將所有人淹沒。

他們被飛沙嗆到，不斷咳嗽，耳邊傳來尖銳的慘叫聲。

那隻體型龐大的動物，居然就這樣狠狠撞飛了「柴郡貓」，而根本來不及閃避的「柴郡貓」就這樣被牠撞飛到後方的巨大尖石上去。

衝擊力道十分強勁，石頭幾乎碎裂，「柴郡貓」也被卡在裡面，動彈不得。

「啾呀——」

這隻動物發出很奇怪的叫聲，聽起來不像是他們所熟知的任何一種動物。

河正輝瞇起眼，勉強在塵土飛揚的狀態下看著那隻動物。

白色的身軀，柔軟好摸的短毛，以及那雙被血管染紅、看起來十分駭人的可怕的眼珠

子——這隻動物，並不如預期那般可怕，相反地，有點可愛。

牠抖抖鼻子，甩著一雙長長的大耳朵，不斷咀嚼的嘴巴看起來就像是在吃東西。而這隻動物的真面貌，是隻胖嘟嘟的白色兔子。

河正輝當場傻眼，顏誠等人更是震驚到說不出話來。

所有人同時在心裡吶喊：這隻兔子是從哪裡冒出來的！

白兔盯著河正輝等人看，根本不管「柴郡貓」的死活，抬起後腿搔耳朵。

這樣的行為雖然很普通，但牠的後腿在搔癢時所造成的烈風，可是快要把他們所有人吹走。

有這樣可怕的力氣，難怪能把「柴郡貓」撞飛。

「河正輝，那是什麼鬼東西……」

「誰知道啊？我也是第一次看到。」

河正輝和顏誠待在這個世界那麼久，從來沒見過這隻白兔，根本搞不清楚牠究竟是敵人還是友軍。

突然間，白兔像是聽到什麼聲音，豎直了耳朵。

停滯三秒後，白兔再次向前蹦跳，很快便消失在他們的視線之中。

留在原地，一臉茫然的眾人，全都停止思考。

「呼、呼哈……該死的，那傢伙跑好快……」

「振作起來，得、得追啊……哈……」

白兔剛離開沒多久，氣喘吁吁的賴文善和秦睿便出現在他們面前。

兩人滿臉通紅、汗流浹背，就像是剛跑完馬拉松的樣子。

他們沒有注意到河正輝和顏誠，也沒有發現卡在石頭縫裡的「柴郡貓」，即便雙腿顫抖，仍奮力追趕那隻白兔。

跟著他們兩個人的楊光和申宇民，倒是一臉平靜。

他們經過河正輝和顏誠面前，申宇民迅速掃過他們一眼，楊光則是忙著趕路，只有匆匆跟他們揮手打招呼。

「不好意思，我們有點忙，先走一步——」

四人短暫的出現，就像是個可笑的插曲。

河正輝和顏誠默不作聲看著這場鬧劇結束，接著同時看向昏厥的「柴郡貓」。

「欸，這樣算撿便宜嗎？」

「我哪知道，但至少目的達成了。」河正輝指著那顆石頭說：「小眼鏡，你有更長的繩子嗎？乾脆把這隻貓跟石頭一起綁起來，感覺更安全。」

「……你讓我上哪去找這麼長的繩子？」顏誠先是頭痛萬分的扶額，接著回答：「我沒有那種繩子，倒是有鐵鍊，搭配我手下的『連接』能力，應該能把牠跟石頭一起捆起來。」

「聽起來不錯，動手吧。」

「哈啊……知道了。」

事情能平安無事的結束，對他們兩個人來說當然好，只是沒想到結果會是如此，因為和預料相差太大，反而讓人有點不能接受。

「話說回來，他們是在追那隻巨大的兔子？」

「看起來好像是。」

「為什麼？」

「你覺得我像是知道的樣子嗎？」顏誠輕推眼鏡，厭煩地說：「別管了，反正那些傢伙也不打算跟我們分享情報，我們就做自己能做的事就好。」

「說得也是。」

河正輝很爽快地接受了。

他才不想去追那種看起來就很麻煩的動物，這種事情交給「愛麗絲」和他的跟班們去處理就好。

「回去要不要喝啤酒？」

「都什麼時候了你還有心情喝酒。」

「當然啊，酒不管什麼時候喝都好喝。」

「……你自己喝吧。」顏誠把鐵鍊扔給他，「現在閉嘴，開始做事。」

河正輝瞇起眼，對於這種輕鬆的鬥嘴生活感到懷念不已。

幸好找到他了。

如果就此再也見不到顏誠，他絕對不會原諒自己。

Chapter 07

兔子先生

從三月兔的據點轉移出去後沒多久，賴文善四人就遇見了一隻巨大的白兔。

他們還沒來得及喘口氣，突然一陣天搖地動，把他們嚇得急忙隨手抓旁邊的物體穩定身體。

咚咚咚的巨響由遠而近，聲音間隔有些長，但接近的速度卻很快。

沉重墜落在地的物體，很快就出現在他們眼前，那是隻全身雪白的巨大兔子，牠的外型看起來就跟普通的兔子沒有什麼不同，脖子掛著一個像是懷錶的圓形物體，輕輕地左右晃動。

白兔很快就發現他們四個人，卻沒有什麼反應，持續前進。

牠的速度很笨重，並沒有想像中那樣快速，但因為跳耀的距離很長，所以才能在聲音間隔數秒、聽起來很遲緩的狀態下，短時間內前進一大段路。

不只是楊光，就連秦睿也沒見過這隻巨大白兔，他們兩個當場傻眼。

「那是什麼鬼東西？」秦睿喃喃自語，驚訝到忘記闔嘴。

申宇民覺得呆呆的他有點可愛，不知道哪來的想法，突然單手掐住秦睿的臉頰，低頭親了一口。

因為他把舌頭鑽進秦睿的嘴巴裡，很快就把他嚇到回神，拽著他的肩膀用力敲打掙扎，試圖讓這個完全不在乎時機就吃他豆腐的笨蛋清醒點。

賴文善和楊光對看一眼，心臟撲通跳個不停，怎麼樣也沒想到會在這種時候見到新的生物。

「你們是不是不知道那隻白兔是什麼東西？」賴文善觀察這些人的反應後得出結論，這讓他感到困惑。

楊光就算了，竟然連待在這個世界那麼長時間的秦睿都沒見過，難道是新誕生的怪物？

不，說是怪物也有種違和感，因為這隻巨大白兔絲毫沒有半點攻擊的意思，似乎比起周遭的狀況，有更讓牠專注的目標。

「我的確沒見過，秦睿的情報庫裡也沒有提過那隻白兔的存在。」

「所以，那是怪物還是……」

楊光冷汗直冒，垂低雙眸，下意識看向空蕩蕩的手腕。

缺少那隻手錶的輔助，果然很不方便。

「是『角色』。」秦睿一邊推開申宇民，一邊解釋：「我用能力看過那傢伙的資料了，牠是這個世界裡的『角色』，但在這之前我從來沒見過牠。」

申宇民強行摟住他的腰，把頭靠在他的身上磨蹭，最終讓秦睿放棄掙扎。

他一臉疲憊地說明：「雖然不知道為什麼牠現在才冒出來，但光是沒有危險性這點就已經夠讓人懷疑，所以我剛才去看了牠的檔案，結果裡面什麼都沒寫，只是不斷重複『RUN』這個單字。」

「跑？」賴文善皺眉，所以這隻巨大白兔才會頭也不回地跑掉嗎？

按照《愛麗絲夢遊仙境》原作劇情，感覺這隻白兔就是故事中主角追逐的那一隻，看樣子好像跟「智蟲」或「柴郡貓」牠們沒有任何關係的樣子。

正當賴文善思考為什麼那隻白兔會憑空冒出來的時候，眼前的樹幹上出現了一段金色文字。

"Run, Alice run. Running after the rabbit."

"Run, Alice run. Don't look back."

"Just keep running."

賴文善瞪大雙眼，因為他知道這是「Original」在跟他溝通，試圖傳達訊息。

「……楊光，你有看到這些字嗎？」

賴文善指著金色文字，向身旁的楊光確認。

看到楊光一臉困惑的樣子，賴文善瞬間明白，這些句子只有他看得到，大概是因為

「Original」進入他體內的關係。

「文善，怎麼了？」

「『Original』叫我跟著那隻白兔。」

「跟著牠？可是我們不是要去找出口……」

「『Original』不會提供沒有幫助的線索，它的目的也是離開這個世界。」秦睿聽到他們的對話，認同道：「既然它要我們跟著那隻白兔，我們就跟過去看看。反正牠前進的方向跟我們要去的地方一樣。」

「知道了。」賴文善點點頭，「那我們趕快追上去，雖然牠塊頭很大，但要是動作太慢的話，很容易就會被牠拉開距離。」

「先用傳送的方式拉近距離吧。」秦睿邊說邊輕拍拖住他的申宇民，要他趕緊辦正事，別黏著他不放。

申宇民雖然皺著眉頭，不太願意的樣子，但仍乖乖操控影子，將他們四個人傳送到巨大白兔的附近。

剛從影子裡出來，地面就一陣劇烈晃動，接著就看見巨大白兔從他們面前跳過去，賴文善和秦睿見狀，急急忙忙跟在後面，楊光和申宇民也乖乖殿後。

就這樣，他們一路跟了不知道多久，途中甚至還遇見白兔和柴郡貓的首領，沒時間跟他們哈拉，匆匆趕路。

「哈、哈啊……要死了……」

「媽的，跟申宇民那小子做也沒這麼累。」

賴文善和秦睿累到不行，尤其是秦睿，已經頭昏腦脹，不知道自己剛才下意識說了什麼話。

楊光和申宇民雖然也汗流浹背，但再怎麼說體力也還是比這兩個人好一點。

最終，巨大白兔真的就如秦睿預測，來到「門」的所在位置。

這裡是位於半山腰邊的廢棄遊樂園，因為潮溼以及多年沒有人生活，到處都充滿潮溼的氣味，青苔也特別多。

機械全部生鏽，走道旁的鐵製扶手也斷裂，搖搖晃晃，完全沒有半點安全性可言。

這座遊樂園並不大，入口進來後的第一個平臺與爬上階梯後的第二個平臺，各自擺設三至四種遊樂設施，建築物的部分也只有遊客中心與餐廳，再來就是擺放控制臺的工作人員小屋。

遊樂設施的體積都很小，看起來不像是給成年人的，比較適合小孩子遊玩。

雖然破破爛爛的，大部分都被雜草、青苔覆蓋，但可以看得出來這座遊樂園並沒有遭受到破壞，比較像是被人遺忘。

巨大白兔又往前跳幾步，牠像是早就知道賴文善等人在後面追逐牠，回頭看牠們一眼。

和那雙血色眼珠的視線交錯的瞬間，賴文善有些緊張，但巨大白兔只是抖抖鼻子，趴在原地不動。

「牠想幹嘛……」秦睿很不喜歡這種沉默的氣氛，讓人有種不祥的預感。

賴文善緊張地嚥口水，「我也不知道，總而言之先別管牠，秦睿，你確定『門』就在這裡對吧？」

「對，我確定。我的能力所提供的線索絕對不可能有誤。」

「那你們在這裡休息，楊光會陪我去找『門』。」

只有「愛麗絲」才能見到真正的「門」，也就是說，他只能靠自己。

雖然腿很痠，體力也還沒完全恢復，但一想到出口就在這個地方，他就沒辦法浪費時間去休息。

楊光牽著他的手，陪著他往裡面走。

雖然還是有點在意那隻趴著不動的巨大白兔，不過還是得先專心找「門」。

「文善，這樣是不是有點像是在遊樂園約會？」

楊光眨眨眼，有些害臊地看著賴文善。

賴文善聽到他說的話，忍不住噗哧一聲笑出來。

「哪有人會在這種地方約會。」

「我覺得滿適合我們的啊。」

「比起這種地方，我比較想要普普通通的約會，或是窩在家裡看電影吃垃圾食物也不錯。」

「聽起來很讚欸，那等我們離開這裡後，我們就在家裡約會？」楊光握緊賴文善的手，努力自薦：「我家很大，很適合看電影，你想吃什麼垃圾食物我都會準備好，文善你只要人過來我家玩，或、或是住下來也可以……」

「離開這裡」這四個字，聽在賴文善的耳裡，有種不切實際的感覺。

因為他不確定，等他們離開之後還能不能見到面，甚至對於回到原本世界後，會是什麼樣的狀況，也沒辦法肯定。

但他，並不想要讓那些猜測性的現實打擊楊光的期望。

「聽你那樣說，還以為是想要跟我同居。」

「只要文善你願意，我隨時都可以跟你一起生活。」

「……噗，就算只是說說而已，我也很高興。」

「我是認真的。」楊光用力握緊賴文善的手，收起玩笑的態度，態度認真，「文善，我想要跟你在一起，我現在已經沒辦法想像沒有你在身邊的日子了。」

楊光握住他的手，力道十分大，有點痛，卻讓賴文善一點也不想要甩開它。

他張開手，與他十指緊扣，試圖用自己的體溫來安撫這隻顫抖的手。

「先等我們找到出口，平安離開後再說。」

「……嗯。」

楊光親吻賴文善的額頭，即便內心感到不安，但他也不想要逼迫賴文善給出肯定的答覆。

賴文善就是這點讓他覺得可愛，就算知道不給他回答，可能會讓他傷心難過，也不會輕易開口做任何約定。

閉眼享受楊光的嘴唇輕觸他肌膚的溫暖感受後，賴文善慢慢睜開眼。

金色的細長箭頭，如同引領他的指標，出現在他眼前。

從踏入這個遊樂園開始，他就能看得見這些箭頭，不用想也知道這是「Original」的指示，正因如此，他的態度才會這麼不疾不徐。

他可以感受到體內有種躁動不安的情緒，那並不是他自己的，而是「Original」。可能是接近「門」的關係，「Original」似乎有些激動，瘋狂用那些金色箭頭催促他趕快過去。

金色箭頭布滿在遊樂園的所有牆面以及遊樂器材上，對看得見這些東西的賴文善來說，有種毛骨悚然的感覺，也慶幸只有他能看見。

渾然不知賴文善心思的楊光，拉著他到處逛，比起尋找「門」，他更像是在享受和賴文善獨處的時光，即使這些都是廢棄、沒有任何電力的遊樂設備，他也把這裡當成是正常的遊樂園，逛得很開心。

「文善文善！你看，這個還可以坐欸！」

楊光爬進壞掉的圍欄裡，往破舊的旋轉木馬走過去，手腳輕快地坐在完好無缺的馬匹座位，拚命向賴文善揮手。

這種時候賴文善就會覺得楊光跟小孩子沒什麼不同，有點可愛。

「你是不是太沒危機意識了？」

「該放鬆的時候就要放鬆，因為沒辦法確定我們什麼時候會遇到危險。」

「難道不是應該要更警惕周圍的動靜嗎？」

楊光倔強地嘟嘴抱怨：「我才不要，從早到晚都神經緊繃的話，我會禿的。」

聽到他這樣說，賴文善忍不在腦海裡想像了一下畫面，下意識笑出聲。

楊光並不介意逗賴文善開心，畢竟那是他喜歡的人，希望他能輕鬆地笑、心情愉快，是理所當然的事。

「文善，來跟我一起坐。」

坐在旋轉木馬上的楊光，朝賴文善伸出手。

賴文善頓了一下，眨眨眼，看著背對太陽光、耀眼無比的男人，微微一笑。

「真拿你沒辦法。」

自從和楊光待在一起，他好像就變得比較愛笑。

是因為太過開心，所以嘴角總是會不自覺地微微上揚？

他不去細想理由，跨過柵欄，來到旋轉木馬前，抬起頭看著向他伸出手的楊光。

他並沒有按照楊光的意願，陪他一起搭這臺失去動力的旋轉木馬，視線往左右飄移，確認這附近的箭頭方向。

「等我們離開之後，就去玩會動的旋轉木馬，還有，你別隨便接近這種地方，萬一你把它坐垮了怎麼辦？」

楊光見賴文善真的沒有要和他一起放鬆心情的打算，尷尬地將手收回，無奈苦笑，

「知、知道了，我下來就是。」

他沮喪地爬下來，回到賴文善面前。

賴文善伸手摸摸他的頭，給予鼓勵後，將視線撇向左側的舞臺。

那是個室外舞臺，面積大約就跟學校司令臺差不多。

舞臺的布幕被撕爛，東西也歪斜倒地，沒有一個是完好無缺的。

但是，讓賴文善注意它的理由並不是那些細微的狀態，而是因為只有那座舞臺沒有任何金色箭頭標記。

很奇怪，箭頭的方向並不是針對那座舞臺。但像是舞臺這樣的物體，照道理來說應該也是會布滿密密麻麻的金色箭頭才對。

因為這個小小的差異，讓賴文善產生疑心。

「我過去那邊看看。」

賴文善說完便直接走過去，當他們兩個人接近舞臺的時候，地面突然傳來劇烈晃動，就像是地震一樣。

熟悉的感覺，讓賴文善和楊光很快就意識到這不是普通的地震，果不其然，下一秒那隻巨大白兔就從旁邊衝過來，不給他們任何反應時間，「碰」地一聲將賴文善往舞臺方向撞飛。

「呃！」

「文善！」

楊光冷汗直冒，緊張得大吼。

原本他想要立刻往舞臺跑過去，確認賴文善的狀態，但巨大白兔卻停止不動，碩大的身軀就這樣阻擋他看向舞臺的目光，動也不動地站在原地。

「該死……讓開！」

楊光地瞳孔閃閃發光，發動能力停滯時間，想要阻止巨大白兔的干擾。

然而巨大白兔卻無視他的能力，原地蹦跳，讓地面頻頻震動。

楊光好不容易才穩住身體，但他根本沒有時間去在意自己狼狽不堪的姿勢，而是驚訝於他的能力對這隻白兔沒有效果。

「什、什麼？為什麼……」

他不是已經把時間暫停了嗎？

為什麼這隻白兔還能動！

巨大白兔甩甩耳朵，隨即高高豎起，明確表達自己絕對不會離開的意念。

楊光氣憤地握緊拳頭，完全不知道該怎麼辦才好。

話說回來，秦睿和申宇民怎麼沒有反應？

在楊光思考這些問題的時候，巨大白兔又原地碰跳兩下，這次楊光不得不單膝跪在地上，雙手撐著地面，才沒有被震得東倒西歪。

他抬起頭，皺緊眉頭。

「你這傢伙，到底是什麼東西？」

巨大白兔當然不可能回答楊光的問題，他只是像個路障一樣擋在舞臺前面。

至於被牠撞飛到舞臺上的賴文善，雖然渾身疼痛、到處都是擦傷，但並無大礙。

他跌坐在地上很長一段時間，好不容易才讓疼痛感平復，當他抬起頭看到巨大白兔圓滾滾、毛茸茸的屁股，以及楊光不快的吶吼聲之後，急急忙忙扶著舞臺背板起身。

「文善！文善你沒事吧？」

賴文善聽見楊光大聲喊叫的聲音，原本想要開口回應，但壓住背板的手掌心底下卻突然傳出一聲脆響。

接著，賴文善感覺到自己的身體往旁邊傾斜，還沒回過神，他就已經墜入黑暗。

「嗚——」

因為狀況太過突然，賴文善沒來得及做任何反應，直到身體撞擊在潮溼、柔軟的物體上面，不穩地從傾斜的方向滾落，墜入溼答答的池子中。

賴文善的手一接觸到黏答答的液體，立刻產生不舒服、反胃的感覺，他顧不得第一個受到撞擊，痛到無法施力的右肩，迅速爬起來。

「好、好痛……」賴文善還有些昏昏沉沉地，頭痛欲裂的他，努力撐起精神。

他的雙手沾滿某種液體，觸感很奇怪，可以肯定的是，這絕對不是水。

因為沒有光線，所以他不知道自己身在何處，也沒辦法看清楚周圍的模樣，但是陰冷到讓人頭皮發麻，以及瀰漫在周圍的惡臭，讓他產生不祥的預感。

他抬起頭，看著自己掉下來的位置。

這裡似乎是背板後方的空間，但怎麼想都讓人覺得不合理，為什麼舞臺後方會有這種深溝。

顧不得劇烈疼痛的四肢，賴文善試圖找尋能夠回到上面的辦法。

那隻不曉得意圖的巨大白兔還在楊光面前，他很擔心牠會對楊光出手。

原本還以為那隻白兔是異常的「角色」，是因為一開始無視他們，加上又沒有要攻擊的意思，所以才會對牠大意。

早知道他就應該更加留意，要不然也不會突然被牠攻擊。

「這麼高，要怎麼爬啊？」

說歸說，但看到眼前兩層樓高的距離，賴文善也束手無策。

就在他苦鬧是不是得從下面重新繞回上坡的時候，金色光點從他的身體裡鑽出來，像是金色沙子，緩慢飄動在他周圍，並在一瞬間散開。

這些金色沙子就像是星空般，雖然亮度有限，卻足以讓賴文善看清楚周圍的模樣。

而在看到眼前的景象後，賴文善臉色鐵青，差點沒吐出來。

他的直覺是對的，這裡根本就不是什麼值得久留的地方。

現在他靠著的位置，是全身赤裸的屍體所堆積而成的小山丘，而他剛才碰觸到的液體，則是不知道累積多少條人命的血池。

他很意外，在這種地方屍體還能保持著如同活人般的彈性，血池也沒有凝固，就像是普通的湖泊。

這個地方，簡直就跟亂葬崗一樣令人怵目驚心。

「這、這裡到底是……該死，怪不得總感覺有點不太對勁。」

在確認周圍的環境後，賴文善更急著想要離開。

他的猜測沒錯，這裡確實是舞臺後方與山壁之間的夾層，雖然是山溝但走到盡頭的話，有很高機率到達較為平坦的空地區域。

這些金色沙子似乎能讀出賴文善的想法，它們突然重新凝聚起來，變回箭頭的模樣貼在周圍的山壁，就連屍體身上也有。

箭頭指向的方向，和遊樂園裡的一樣。

賴文善愣了下，皺著眉頭，滿心困惑地轉頭看向箭頭所指的位置。

那裡是山溝比較深的地方。

說不害怕絕對是騙人的，雖然他已經漸漸習慣看到屍體和鮮血，還有那些讓人搞不懂的危險怪物，但不代表他的恐懼感已經麻痺。

賴文善很想逃走，更何況他也很擔心楊光的安危，可是不知道為什麼，雙腳卻不聽使喚地往箭頭指的方向慢慢走過去。

伸手不見五指的黑暗中，能清楚看見他那雙發光的銀色瞳孔。

當他踩在血池裡的時候，他下意識發動能力，將血池劈成兩半，只留中間的乾淨道路方便他前進。

很快的，他就看到被眾多箭頭包圍的一具人體。

人體雙腿伸直，靠著山壁坐在地上，他的身體被寫滿文字的紙張覆蓋，那些紙就像是從精裝書裡扯下來的，一邊平滑、一邊殘破不堪。

紙張將這個人體的輪廓呈現得很清楚，鼻子的位置、手指的數量，簡直就像是用書頁捆成的木乃伊。

奇怪的是，明明看到那些裸露的屍體與血池時，賴文善的心裡多少還有些害怕的感覺，可是在看到眼前這個人的時候，不但沒有一絲畏懼、想要逃走的打算，甚至產生悲傷的心情。

賴文善蹲下來，仔細觀看這具身體。

剛才還指著祂的金色箭頭，化為文字，就像是這個人在和他溝通一樣。

"Welcome, Alice."

賴文善看了一眼文字，點頭示意。

「是你故意把我引到這個地方來的嗎？」

直到摔下來後的那幾分鐘，賴文善都沒能理解發生什麼事，但在來到這具身體面前後，不可思議地，思緒變得很清楚。

他知道這並不是他自己的想法，而是受到「Original」的影響。

「Original」知道「門」的位置，而真正的「門」只有「愛麗絲」能夠見到——也就是說，這個被書頁包覆的身軀，就是他們要找的「門」。

當然，這很荒謬。

不管從哪方面來看，這具身體都不像是「門」，但這個世界對於所有的目的與物品，都是用隱喻的方式來表達，就像是那些「角色」哼唱的歌，以及透過金色文字和他溝通的「Original」，全都喜歡拐彎抹角。

若從這個世界的定義來判斷，很有可能「門」指的並不是一般的門，只不過是逃脫出口的概稱，而能力者們大多都會被「門」這個字侷限想法，因此不會想像得到出口並非門。

若賴文善的想法沒有受到「Original」的影響，估計也不會朝這個方向去思考。

「所以，你能帶我們離開這裡？」

"Yes."

「要怎麼做？」

這具身體稍稍抬起頭，可能是因為長久沒有動過身軀的關係，他的頸部傳來關節摩擦的咯咯聲響。

賴文善還沒聽見回答，就注意到金色文字慢慢化為其他形體。

眨眼速度，一把金色的利刃出現在眼前，並迅速貫穿他的胸膛。

「呃！」

由於速度太快，加上賴文善沒有防備心，只能瞪大雙眼，眼睜睜看著插入身體裡的那把金色刀刃。

傷口沒有滲血，可是他卻感覺到自己的內臟被割傷。

他一手握住金色刀刃，另一隻手向上一抬，周圍的鮮血迅速變化成像是捕獸夾一樣的尖銳武器，撲過去夾住那具身軀，並用力往左右兩側拉扯，撕成碎片。

但，紙張底下並沒有任何東西，他所撕爛的，只有那些書頁。

「哈、哈啊……哈……」

金色刀刃在書頁被撕爛後便消失不見，此時賴文善可以感覺得到體內的「Original」不見了，他沒有心思也沒有力氣去思考它去了哪，因為被刀刃刺穿的位置，讓他像是缺氧般感到呼吸困難。

「哈啊……哈啊……」

賴文善試圖大口喘息，但無論怎麼做，都呼吸不到空氣。

很快地他開始因為缺氧而倒下，單手捂著胸腔，眼瞳中的銀色光芒漸漸黯淡。

劇烈的喘息聲漸漸變慢，直至完全安靜下來。

賴文善雙目未閉，就這樣停止了呼吸。

下一秒，賴文善喘了一大口氣，在感受到氧氣的同時劇烈咳嗽，整個人趴在地上，低著頭將氧氣透過口鼻傳入身體內。

在呼吸終於緩和下來後，賴文善發現眼前的地面並不是被鮮血染紅的池子，而是有著小石頭的泥巴路。

周圍的蟲鳴鳥叫，與覆蓋在頭頂的陽光，讓回過神來的賴文善猛然抬起頭。

他不敢置信地看著眼前的景色，癱坐在地上。

「這是……怎麼回事？」

賴文善左看右看，想要確認自己現在在哪裡。

只不過是一瞬間缺氧昏厥過去，有可能就這樣移動到其他地方去嗎？

「Original」呢？怪物呢？

最重要的是——楊光在哪裡？

一連串的疑問湧入腦海，讓他頭部不斷刺痛，就像是被人用鐵橇砸過。

他慢慢地起身，即便仍有些無力，但不能再繼續停留在原地。

他沿著這條不明顯的路徑往前走，幸運的是，不久後他就走出了這片樹林，然而映入眼簾的卻是他熟悉的景色。

擺放著烤肉設備的小木屋——這個瞬間，賴文善意識到一個事實。

這裡並不是那個充滿怪物，氣氛詭譎的世界，而是他原本所生活的世界。

他回來了。

「這到底……為什麼會……」

賴文善不敢置信，他明明沒有做什麼，為什麼突然之間就成功逃出來？

難道他又在作夢？又是「睡鼠」搞的鬼？

『很可惜，這並不是夢，而是現實。』

一段文字傳入腦海，把賴文善嚇了一跳。

再次往小木屋的方向看過去之後，他發現有隻圓滾滾的白色毛球站在階梯上面，抖抖鼻子跟耳朵，模樣相當可愛。

旁人看了可能會覺得牠是個可愛、沒有任何威脅的小動物，但看在賴文善眼中並非如此。而且牠的視線總有種讓人毛骨悚然的熟悉感，讓賴文善不得不提高警覺。

「是你在和我說話嗎？」

『是的，愛麗絲．道奇森。』

小白兔用熟悉的名字稱呼他，這讓賴文善立刻就確認了牠的身分。

「那不是我的名字。」

『就算拒絕也沒辦法改變這個事實。』

賴文善對那些一點興趣也沒有，現在的他有成堆的問題想要得到解答。

那隻小白兔似乎理解他心裡在想什麼，豎直耳朵。

『從現在開始，我會回答你的問題。』

「楊光在哪？」

賴文善想也不想，立刻開口提問。

小白兔有些驚訝，牠瞪大紅色眼珠，對賴文善產生極大的興趣。

『真有趣，沒想到你第一個問的竟然是其他能力者目前的位置。』

「該死，快回答我。」

『……不用擔心，只要還活著，就能平安無事離開《愛麗絲夢遊仙境》。』小白兔邊說邊瞇起眼，意味深遠地接著說：『能力者們會被轉移到誤入那個世界時的位置，也就是消失的地點。』

「地點……嗎？」賴文善耳尖聽出小白兔話中的意思，直接問道：「那麼他們回到的是哪個時間點？」

能力者進入的時間長度都不同，若按照小白兔的說法，他們會被傳回消失前的位置，那麼就很有可能會有時間上的落差。

如果不是這樣，小白兔也不會刻意提起「地點」這兩個字。

小白兔歪頭回答：『真不愧是愛麗絲．道奇森，你確實跟那位大人同樣敏銳。』

「你指的該不會是原作者那個道奇森吧。」

『是的，就是你不久前撕碎的那具身體。』

「……什麼？」

賴文善倒是沒想到那個人就是作者，但仔細回頭思考的話，確實不意外。

創造「Original」的是道奇森，也就是《愛麗絲夢遊仙境》的原作者，而身為主角的「愛麗絲」就是被「Original」指定，能夠帶他前往作者所在位置的便車。

雖然不知道「Original」是根據什麼依據來選擇「愛麗絲」的，但那對他來說都不重要了。

現在最重要的，是找到楊光。

『只有愛麗絲的死亡能夠毀掉故事，如此一來那位大人就能解脫。』

「解脫?他……死了嗎?」

『你所見到的,不過是苟延殘喘活在那個世界裡的靈魂。雖然那位大人起先創造《愛麗絲夢遊仙境》,是因為捨不得離開,即便死後也想要待在自己所創造的故事裡,但是……後來事情變得有些失控。』

小白兔垂下耳朵,顯得有些悲傷。

『角色們漸漸失控,牠們創造許多通道,將道奇森大人最喜歡的人類帶到那個世界並囚禁,就像豢養道奇森大人一樣,給予人類足夠的資源與道具,讓他們足以存活下去。』

『角色們執著於男性人類,是因為那是跟道奇森大人同樣的性別,牠們想要阻止道奇森大人離開,於是開始獵捕他的靈魂,最終逼不得已,道奇森大人只能躲起來,並創作出新的 Original。』

『他用新的 Original 和被帶到這個世界裡的人溝通,並賦予他們能夠對抗角色們的力量,然而不是每個人都能看得見,那些看得見 Original 的人,被道奇森大人以愛麗絲作為稱呼,可是在被角色們發現後,這些人都被殺死,並永遠滯留於那個世界,成為怪物。』

『道奇森大人創作新的 Original 這件事被角色們察覺到之後,他們就開始殺掉能夠跟 Original 溝通的能力者。』

「開什麼玩笑!那 Original 自己去找原作者不就好了,為什麼還要這麼麻煩。」

『角色們隱藏在暗處監視著一切,所以不能這樣做。沒有反擊能力的 Original 會被毀掉,只能依靠能力者協助。』

「那為什麼選擇我？」

『這是道奇森大人的決定，他把一切賭在你的身上，而且……你和道奇森大人一樣，都是優秀的造物主。』

「哈！說什麼造物主……該死的，不是還拿刀捅我？」

『這是必須的，只有這樣做，所有人才能逃出去。』小白兔邊說邊笑：『而且就結論來看，你沒有受到任何傷害不是嗎？』

「……是沒錯。」

『簡單來說，作者利用Original親手殺死主角，如此一來故事便能結束，那個世界也就會自動消失不見。』小白兔抬起頭，用堅定的眼神看著他，『但是這並非結束。』

賴文善直覺認為事情沒那麼簡單，而且他總感覺有些違和。

「話說回來，你是把我撞飛的那隻白兔吧。」

『……是的。』小白兔瞇起眼，『話先說在前面，不只是我，其他角色還有怪物也都被解放了。』

小白兔話剛說完，如雷貫耳的吼叫聲從樹林深處傳出。

大量的鳥群全數飛入空中，地面也開始震動，這讓賴文善猛然轉頭看向自己剛才離開的那片樹林。

眼前出現了比那些樹林還要高的巨大黑色身影，而這對賴文善來說，並不陌生。

那是怪物，而且還是被「角色」們殺死後成為怪物的「A」。

「什、什麼？為什麼它們會——」

賴文善震驚不已，冷汗直冒，但小白兔卻從容不迫。

牠冷靜地回答：『我說過，只要還活著就能離開。成為怪物的它們雖然改變了形體與模樣，但它們被定義為活著的怪物，所以當《愛麗絲夢遊仙境》消失後，它也能回到現實世界。』

「這到底是什麼天殺的藉口！」

『冷靜點，愛麗絲．道奇森。道奇森大人早料到事情會變成這樣，已經做足萬全的準備，只要這些怪物還在，你的力量就不會消失。請不要辜負道奇森大人的一番好意與苦心。』

賴文善微微一震，在聽見小白兔說的話之後，低頭看著自己沾滿鮮血的手掌。

那是他剛才趴在血池中的時候，所沾到的血。

他緊抿雙唇，按照在那個世界時的做法，啟動能力。

瞳孔再次散發出銀色光芒的同時，掌心上的鮮血也受到他的控制，慢慢漂浮，離開他的肌膚，凝聚成一顆血珠子。

「……哈！真是瘋了。」賴文善失笑道：「你現在的意思是說，就算我離開那該死的地方，還是擁有能力？」

他將手握緊成拳頭，鮮血隨之衰落在地上，成為一灘紅色液體。

賴文善看著在樹林裡緩慢行走的「A」，不快咂嘴。

「心情真他媽的糟。」

他不是那種口出穢言的性格，但如今，他卻忍不住出口成「髒」。

因為他的心情確實不爽到了極點。

小白兔用鼻子哼了一大口氣，跳到他的腳邊。

『總而言之，在其他人趕過來之前先想辦法控制住它們。我作為道奇森大人的輔佐，會好好協助你的。』

賴文善嚇一跳，他沒想到小白兔居然會這樣說。

當小白兔感受到賴文善錯愕的視線後，抖抖鼻子，一副沒什麼大不了地說：『除了我之外，還有其他角色活著離開，當然，那些背叛道奇森大人的，已經和那個世界一起消失不見，所以不用過於擔心，除怪物之外不會再有其他變數。』

雖然賴文善仍不太信任這隻白兔，但聽到牠說「其他人」的那個瞬間，賴文善選擇相信牠。

因為他知道，牠指的是誰。

「我需要武器。」

『你自己身上不是有？』

「量不夠。」

『……知道了。』

小白兔抖抖身體，身上的白毛像是產生靜電一樣炸開，接著牠的身軀開始從四肢變得粗壯，瞬間膨脹好幾倍，重新變回那隻令人煩躁的巨大白兔。

牠伸出前爪，往自己的身體刮出一道傷痕，大量鮮血染紅牠的白毛後落在賴文善的角邊，而雙眼散發銀光的賴文善則是沒讓這些鮮血落地，像水波般讓它圍繞住自己的身體。

『這樣夠嗎？』

「可以是可以，但你沒事嗎？」

『我的身體很強壯，流點血對我來說不算什麼。』

「哈、哈哈……」

賴文善聽不出來白兔是在開玩笑還是認真的回答，在累積到足夠的血量後，白兔壓低身軀，示意賴文善爬到牠的身上去。

雖然他沒有把白兔當成坐騎的意思，可是想要快速解決掉「A」，不讓它們靠近人多的市區，就只能快點處理掉。

於是他跨坐在巨大白兔的頸部，接著牠強而有力的後腿猛力一蹬，他就像是搭上雲霄飛車般，高速向前。

「要死了！控制點速度行不行！」

『我這是一般速度。』

「鬼才信！」

賴文善將身體貼在白兔的皮毛裡，緊緊抓住，不讓自己被摔飛。

看來這隻白兔說牠損失點血沒事是真的，對牠來說根本就是小菜一碟。

Chapter 08 現實

『聽好了，愛麗絲．道奇森。現在的情況對你十分有利，由於缺少《愛麗絲夢遊仙境》的庇護，無論是角色們還是怪物，都不再具有重生能力，也就是說，牠們只要死亡就無法再復活。』

「哈。」賴文善苦笑一聲，「我可不是申宇民，就算我能力很強，但要對付牠們的話，只靠我一個人是做不到的。」

『是的，所以我並沒有讓你一個人行動的意思。』

「……什麼？」

『剛才你提到的那位能力者身旁，有和我一樣的角色在輔佐他，我想他們應該很快就會過來會合。』

聽見巨大白兔說的話，賴文善驚訝之餘，總算露出鬆一口氣的表情。

申宇民身邊的角色……看來應該是智蟲，如果說其他人都還活著，那麼憑藉那個人的移動能力，確實能夠在短時間內移動到這邊來。

但問題是，他們已經成功逃出來，還會願意過來幫忙消滅怪物嗎？

『你似乎是在想什麼多餘的事。』巨大白兔斜眼睨視他的表情，觀察反應後，哼了一聲，『放心吧，道奇森大人也不是希望你們做什麼拯救世界的英雄，只是希望你們能夠提供協助，把他所創造出來的這些怪物毀掉而已。』

「真是有夠麻煩，為什麼非得讓我們這些毫無相關的人……」

『我們到了。』

正當賴文善打算繼續抱怨的時候，巨大白兔突然停下來，抬起頭仰望比他還高的黑色身影。這群「A」不知道是不是無法習慣現實世界的空氣，顯得有些虛弱，可以明顯感受到它們正在痛苦地喘氣。

「怎麼回事？這些傢伙看起來狀況有點不太對勁？」

『它們沒有辦法完全接受這個世界的空氣，所以變得有點暴躁、不穩定。』

巨大白兔原本想要再靠近一點，但「A」很快就發現牠，並揮舞手臂朝牠攻擊，逼不得已的情況下，巨大白兔只能跳開閃避。

重新踩踏在地面後，牠接著說：『別只留意這些看得見的，還有很多。』

話剛說完，樹林裡突然衝出幾隻四肢趴地的人型怪物，牠們的身軀就像是被燙傷般，滿是皺褶，甚至還在滲血。

賴文善急忙揮動手臂，操控鮮血形成鐵壁，擋住這些怪物的攻擊。

等牠們接觸到血壁，立刻在牆面製造角椎，釘住怪物的四肢。

「怪物數量也太多了吧！」

『不用擔心，怪物只有出現在愛麗絲附近，其他地方沒有。』

「我不是問這個……等等，你的意思該不會是說，牠們是跟著我出來的吧？」

『嗯，畢竟毀掉那個世界的人是你啊。』

賴文善真不知道該慶幸還是應該生氣，這種怪物要是出現在市區或是其他地方，肯定會造成混亂，登上新聞頭版，幸好是出現在這種人煙稀少的山區。

他抬手，利用其他零散的血液製造細針形狀的武器，像插串燒那樣，把這些被他捕捉到的怪物身體插成蜂窩。

怪物群吐血倒地後，他便收回牆壁，但攻擊並沒有停止。

「A」的手掌在他解除防禦後迎面而來，沒注意到攻擊的賴文善，嚇了一大跳，幸好巨大白兔的反應還算快，在被碰到的前一秒側身閃過。

由於角度和閃避的力道沒有掌握好，巨大白兔的身體倒地後向後滑動，撞倒幾根樹幹後才停下來。

賴文善躲在牠澎起的皮毛裡面，沒有受傷，卻因為強烈撞擊而感到頭暈目眩。

巨大白兔背上滑下來之後，賴文善都還沒來得及確認巨大白兔的狀況，就發現「A」已經站在自己面前。

毛骨悚然的感覺，讓人頭皮發麻，雖然依舊看不清楚「A」的面部表情，但賴文善可以很清楚感受到它們對自己毫無善意。

和被困在裡面的時候，狀況完全相反。

出現在面前的「A」，至少有五隻，這不是他一個人能單挑的數量。

「A」同時發動攻勢，賴文善也只能硬著頭皮反擊。

他不是使用堅固的防禦牆，而是將鮮血化作無數條觸手，分別捆住「A」的四肢，成功限制住它們的行動。

賴文善知道自己不能有半點遲疑，於是立刻將剩下的鮮血製作成矛的外型，指向這群「A」。

正當他要攻擊的瞬間，樹林旁邊突然出現另外一批人型怪物，牠們呲牙裂嘴，就像是飢腸轆轆的捕食者，快速衝向賴文善。

賴文善才剛轉頭看見牠們，就被最前面的那隻怪物抓住肩膀，撲倒在地。

近距離看著那張讓人噁心反胃的臉龐，賴文善當下只有「死定了」的念頭，但在眨眼過後，抓住他的怪物竟然面部凹陷，像是被人狠狠揍了一拳，緩慢噴出鮮血的同時，維持於撲向他的姿勢。

「什、什麼?發生什麼……」

這種熟悉的強烈違和感，讓賴文善呆了三秒後才突然發現自己正被人摟著肩膀。

他猛然抬起頭，看著滿頭大汗的楊光用手背擦掉汗水，神情嚴肅地瞪著那些怪物。

「楊光！」賴文善高興不已，甚至忘記自己還處於危險當中，撲過去環抱住他的脖子。

被他的舉動嚇到的楊光，下意識解除停滯的時間。

吃了楊光一拳的怪物倒地，身後的怪物群瘋狂踐踏過牠的身軀，發出尖銳的叫聲，撲向兩人。

覆蓋在地面的黑影，以飛快速度從旁側接近，隆起後從這些怪物的頭頂覆蓋下去，就像是蒼蠅拍一樣，直接把牠們壓成肉泥。

怪物的鮮血在影子底下慢慢滲出來，影子穿過牠們的身軀後，重新回到地面，融入於周遭的影子中。

申宇民單手插入口袋，不疾不徐地走過來。

從他臉上厭惡至極的表情來看，他似乎很不爽這兩個人又在自己面前親熱。

「別擺出這麼可怕的表情。」秦睿從旁邊走過來，輕輕拉住他的手腕，「文善可是幫助我們離開那個地方的人，我們當然要幫他清除怪物。」

『呵呵呵……』

趴在秦睿腦袋瓜上的肥大毛毛蟲，發出難聽的笑聲，讓原本心情有稍微轉好一點的申宇民氣到把牠拽下來，狠狠甩到地面上去。

「我不是說過不准碰秦睿哥？想死嗎你？」

『唉唷真凶。』毛毛蟲並沒有生氣或害怕，倒是頗有興致地欣賞他憤怒的表情，咯咯笑不停。

但下一秒，毛毛蟲就被巨大白兔的爪子狠狠踩扁，直接變成爛泥。

『不要介意這東西說的話，協助者們。』巨大白兔轉過身，看著用蠻力將捆住四肢的觸手扯斷的「A」，提醒道：『現在，只剩下最後的清理工作了。』

秦睿明白巨大白兔的意思，而這就是他們趕過來的原因。

「智蟲」首先接觸了他而不是申宇民，是因為牠知道能夠拴住這個男人的，只有他，而在消滅怪物的行動中，申宇民的力量是必須的。

秦睿也明白，原因很簡單，因為他的能力還在。

透過能力，他知道了《愛麗絲夢遊仙境》的世界已經消失，並透過系統能力確認活著逃出來的能力者們的位置。

光是還能使用能力這點，秦睿就能夠推敲出不少事，但最主要的還是系統能力給予他成功逃脫後的「獎勵」。

那是一本記錄冊，而且還是道奇森的。

紀錄冊並不是實體，是用文字記錄在系統內，裡面寫著密密麻麻的說明，就像是專門為他準備的一樣。

「智蟲」告訴他怪物在賴文善附近，並希望他們能夠去幫忙賴文善，秦睿二話不說立刻答應，並利用手機裡的APP和申宇民聯絡上。

——沒錯，手機裡屬於能力者們的APP還在，而裡面也有明確標示出能力者的人數，按照「智蟲」所說的，這應該也是道奇森做的。

由於賴文善的影響，似乎所有能力者回來後的時間點，都和賴文善差不多，可能也就因為待在那個世界裡的長短差異，而有幾分鐘的落差。

這個配合，完完全全就是為了讓能力者去協助賴文善而做的準備。

秦睿當下沒有想太多，也顧不了自己的狀況，在與申宇民會合後急忙找到楊光，並利用申宇民的能力轉移到賴文善所在的位置。

幸好，他們趕上了。

「申宇民，把那些傢伙處理掉。」

秦睿冷著臉向申宇民下達命令，當然，申宇民不可能拒絕得了。

「A」呲牙裂嘴，朝申宇民發出尖銳的吼叫聲，不同於之前的瘋狂狀態，它們似乎下意識的對申宇民產生恐懼感。

這是生物的本能。

在面對強大到完全贏不了的對手時，即便是失去人性的怪物，仍會因恐懼而退縮。

申宇民跨過賴文善和楊光身旁，獨自走向「A」怪物群，他的腳邊越來越多黑影聚集，慢慢地，如同吞噬般，直到將申宇民覆蓋在隆起的影子之下。

影子的面積大到像是能夠覆蓋整片樹林，把這些不知所措的「A」往後逼退。

申宇民停下腳步，被黑暗籠罩的人影，只剩下那雙發光的眼眸，緊緊鎖定眼前的怪物們。

意識到申宇民打算發動攻擊，「A」瞬間四散，當然，申宇民沒打算放走它們。

不管「A」的行動有多快，絕對不可能快過影子擴展的速度，很快地，所有的怪物就被影子覆蓋，像是巨大的史萊姆，全部吞噬。

隨著影子回到平地，慢慢沒入到地面之下，所有的「A」在短短不到幾秒鐘時間，就被申宇民全數消滅殆盡。

申宇民眼眸中的光芒消失後，轉身回到秦睿身旁，像是要討獎勵的大型犬，整個人貼在秦睿的背後不肯離開。

秦睿知道申宇民能夠瞬間就把怪物們處理掉，所以在他對付「A」的時候，先過去替賴文善治療身上的傷勢。

賴文善沒想到秦睿竟然還有時間去準備醫療用品，早知道這樣的話，他就不用一個人那麼辛苦，還不如等跟秦睿他們會合後再行動。

「附近還有怪物嗎？」楊光在秦睿處理完賴文善的傷勢後，開口詢問。

秦睿打開系統視窗，鬆了口氣。

「應該沒了，這些怪物似乎只把文善當成目標，沒有要去攻擊其他人的打算。」

聽到秦睿這麼說，賴文善頓時感到安心不少。

至少怪物不會跑到其他地方，造成混亂，他可不想看到新聞報導怪物肆虐的畫面，這會讓他有種還被困在那個世界裡的錯覺。

楊光一直緊握著他的手，就像是害怕他會突然消失一樣，雖然賴文善因為他的體溫而感到安心，但更多的是擔憂。

「楊光，我沒事。」

「我、我知道，可是……」

想起剛才一瞬間回神，發現自己出現在消失前的地點附近，而周圍沒有半個人，也不知道賴文善的下落時，他真的覺得自己的心臟快要停止跳動。

幸好比他早幾分鐘回來的秦睿和他聯絡，才能讓他在最短時間內掌握情況。

「我們有很多話要說，先找個地方坐下來聊吧。」秦睿輕拍賴文善的頭，轉而對抖抖毛，看起來沒有什麼問題的巨大白兔說：「我也有需要搞清楚的事情，你會解釋清楚的吧？『白兔』。」

巨大白兔邊磨牙邊發出咯咯笑聲，血色眼珠瞇成細線，毫不客氣地回答：『你果然是個很有趣的能力者，智蟲那傢伙沒有跟你解釋嗎？』

「你是指那灘肉泥嗎？」

秦睿說完，指著被巨大白兔拍爛的噁心液體。

彷彿聽見他們在討論自己，肉泥迅速將自己塑造回原來的毛毛蟲模樣，在地上噁心地蠕動著。

『啊啊——真粗魯，明明我也是有好好解釋的，別把我說得好像什麼事都沒做一樣。』

毛毛蟲不滿地提出抗議，但是卻被秦睿和巨大白兔無視。

『我不會介意多解釋一次，不過我們得找個安靜的地方談，這裡不太適合。』

賴文善在聽到巨大白兔的要求後，便提出建議：「我跟朋友租的小木屋就在這附近而已，去那裡聊吧，我也一樣不想繼續待在這裡餵蚊子。」

巨大白兔豎起耳朵，開心地自薦：『那麼就由我來運送——』

話還沒說完，大片影子再度捲過來吞噬了所有人。

很顯然，他們並不需要巨大白兔不專業的接送服務。

／

在中宇民的協助下，他們平安無事回到小木屋。

周圍還是一樣很安靜，讓人有種寒毛直豎的不安感。

賴文善和來這裡烤肉的朋友們，租的是棟有附烤肉設備的兩層樓木屋，裡面除了基本生活設備之外，還有娛樂室和擺放懶人沙發椅的後院。

他當時是跟十幾個人一起來的，可是現在卻連半個人的氣息都感受不到。

明明外面的設備使用的狀態和他離開前差不多，烤肉架上甚至還有他們因為好玩而隨便亂串的烤肉串。

剛開始賴文善還不太確定，但在看到烤肉串之後就可以確定，這裡的時間點和他離開時沒有差多少。

「我明明離開好幾個月，為什麼這裡的時間好像沒有過多久的樣子？」

他們坐在木屋客廳的沙發上，看向將身體縮小回普通體型的白兔，與那隻仍舊讓人感到噁心的毛毛蟲。

賴文善一開始雖然有問關於目前時間的問題，但當時白兔並沒有回答，之後也因為轉移話題而不再提起。

他原本以為白兔是不想回答，可是從牠從容不迫的態度來看，似乎並非如此。

「所有能力者除了會回到消失時的地點之外，時間點上會和你差不多，也就是說我們消失的那段時間全變成空白。」秦睿代替那兩隻動物，回答賴文善。

賴文善嚇一跳，沒想到秦睿竟然知道得那麼詳細，難道是因為他的能力？

「我們進入那個地方的時間點差那麼多，那你們不就——」

「因為過去沒有人離開過，所以沒有辦法比對時間的流逝速度是不是有所不同，在我看來，回來這裡後能力者們所處的時間跟地點，都是以你為基準，只是因為滯留時間長短所以我們回來的時間，都比你早。」

秦睿轉過頭對白兔說：「我這樣理解沒有錯吧？白兔。」

白兔笑道：『對，能力者回歸的時間點是以愛麗絲．道奇森為準。所以比他早進去的能力者，回來的時間點會比較早，相對的，比他晚的能力者則會晚一點。』

「怎麼什麼都以我為準……」賴文善覺得壓力很大，頭也跟著隱隱作痛。

再增加壓力的話，他覺得自己很有可能會吐出來。

「我就算了，那其他人消失這段時間的空白怎麼辦？」

『不用擔心，沒有人會記得你們曾離開現實世界。』智蟲接著解釋：『在能力者誤闖那個世界過後，大約一到兩天的時間，你們的存在就會徹底被抹去，所有人都不會記得你們。這是Original做的好事，因為基本上踏入那裡的能力者，都不可能活著離開，為了避免造成現實世界的恐慌，才會這麼做。』

「怪不得我之前都沒聽說過什麼失蹤案。」不得不承認，「Original」確實做到滴水不漏的程度，只不過現在能力者們都逃了出來，那麼被抹去存在的他們該怎麼辦？

『你是在擔心能力者回到現實後會失去一切？』白兔甩甩耳朵，從賴文善陰鬱的表情中讀出他的心思，咯咯笑道：『不用擔心，這很好解決。』

說完，牠抬起前爪用力拍打毛毛蟲軟爛的身軀，『雖然沒辦法讓你們回到原本的生活，家人、朋友，甚至是戀人也不會記得你們的存在，但為了讓能力者能夠盡快回歸日常生活，這傢伙會處理好的。』

「要怎麼做？」秦睿搖頭聳肩，隨口一說：「該不會是想附身在哪個有錢人身上，然後提供我們這些傢伙新的身分和賺錢能力，讓我們能夠靠自己活下去吧？」

才剛開口，秦睿就後悔了。

智蟲和白兔露出狡詐的笑容，一看就是打算做壞事的樣子，完全無意隱藏心中邪惡的目的。

賴文善苦笑道：「你們這些傢伙……」

『道奇森大人安排我們兩個留下來，就是為了要收拾善後。道奇森大人對於把能力者們牽扯進來的事情感到很抱歉，所以希望我們能夠給予幫助。』

白兔說完，換智蟲接著說：『我們會透過能力者APP和其他同樣回到現實的能力者取得聯繫，並提供能夠幫助他們的管道，是否接受幫助就看能力者各自的決定，我們不會勉強。』

「其他能力者的能力也都還在？」

『是的。』

「那這樣不是很危險嗎？萬一他們的能力被發現……絕對會造成混亂的吧！」

他們所擁有的能力，對其他人來說根本就像是個不正常的怪物，或許能力者之間能夠理解，但現實世界絕對不會有人能夠接受。

「這樣太危險了，我們應該把所有人找回來。」

「活著的能力者少說還有幾百個人，光靠我們四個人根本不可能做得到吧。」秦睿並不是故意想要澆冷水，單純只是就事論事。

賴文善其實也明白這樣做很不切實際，但也只能試試看。

「總而言之，先發訊息給大家，肯定有很多人突然回來後感到不知所措。」

他並不想要當什麼大善人，卻做不到視而不見。

見到賴文善妥協後，白兔和智蟲對看一眼，發出咯咯笑聲。

牠們同聲道：『謹遵道奇森大人的指示。』

賴文善不耐煩地瞪牠們，這兩隻動物肯定是鬧他鬧上癮了。

「我還有個問題。」秦睿雙手環胸，指著自己的眼睛說：「我們的能力啟動條件還是依舊嗎？」

『是的，只不過能力不會再提升，會維持在離開那個瞬間時的等級。』

秦睿垮下臉，擺出不耐煩的表情，申宇民倒是看起來很開心的樣子。

「我還真不知道該不該高興……」

『不是挺好的嗎？你們會變得比一般人類還要強。』

「我又不是要去打架還是做壞事，有這些能力幹嘛。」

秦睿的能力還好隱藏，但申宇民不同，他的能力肯定會受到其他人忌憚、畏懼，要是沒有人拴住他的鍊子，他百分之百會變成可怕的殺人魔。

不知是他，楊光和賴文善應該也都跟他有同樣的想法。

白兔和智蟲眼裡帶著笑意，不安好心地竊笑。

『人類真麻煩。』

『明明道奇森大人為他們著想，賦予那麼完美的禮物。』

「喂，別在那邊竊竊私語，有時間胡鬧的話還不如趕緊幫我們恢復生活。」

賴文善越看越覺得這兩隻動物讓人煩躁，抓著楊光的手起身，打算回房間去，不想再繼續聽牠們說廢話。

不過在離開前，他突然停下腳步，背對白兔和智蟲，低聲問道：「……我問你們，之前跟我一起待在這棟木屋裡的那些人，是不是也掉入了那個世界裡？」

白兔沒有回答，智蟲反而發出冷冰冰的笑聲。

『他們沒有出現在附近，不就是答案？』

這條該死的毛毛蟲說的沒錯，只是賴文善不想承認這個事實，才會想要確認。

他閉上眼，沉默幾秒後，默不作聲地拉著楊光走上二樓。

秦睿靠在沙發椅背上，看著賴文善和楊光離開的身影，輕聲嘆氣。

「除自己以外都沒能活下來，文善心裡肯定不好受。」

雖然賴文善總是擺出一個人也沒關係的態度，甚至認為自己不是個心地善良的好人，但秦睿比誰都清楚，賴文善只不過是因為太過溫柔所以總是習慣性地否定自己。

「好了，白兔、智蟲。接下來我們討論一下未來的目標吧？」秦睿笑著在牠們面前展開透明螢幕，接著說：「重新生活對我來說不是什麼太大問題，但我可不能讓你們隨隨便便殺人，要殺，得殺有利用價值的。」

白兔跟智蟲對看，突然覺得秦睿似乎比牠們兩個還要認真。

能輕輕鬆鬆把殺人兩個字掛在嘴邊，果然——這個能力者並不如外表看起來那樣「正常」。

他身旁的申宇民也是如此。

『臭兔子，秦睿變得好可怕啊。』

『跟我講這幹嘛？你不是跟這兩人很熟嗎？早就應該習慣了才對。』

果然在那個扭曲的世界裡待太久，秦睿和申宇民一樣，早就沒有人類所謂的道德觀念。

跟牠們一樣。

／

賴文善回到二樓的房間，這裡是他被捲入《愛麗絲夢遊仙境》前分配到的臥室，他原本還抱持著一絲希望，想說能不能找到自己的行李，但什麼都沒有。

不僅如此，所有房間都沒有找到任何一件行李。

他只能合理推斷，當時一起來小木屋烤肉的同事們，應該全都掉進那個世界裡，然而回來的，只有他。

如果白兔牠們沒有說謊的話，消失的同事們應該也會出現在這附近才對，可是透過手機APP可以知道，這附近並沒有任何能力者。

賴文善只能合理認為同事們全都死了。

不過，就算他當時知道同事們也在那個世界裡的話，估計也做不了什麼。

「文善。」楊光從背後緊緊抱住賴文善，「你知道我有多害怕再也見不到你嗎？」

從《愛麗絲夢遊仙境》離開後，接二連三發生太多事情，讓賴文善根本沒有空暇去思考，就算他也很擔心楊光的狀況，可是在和白兔見到「A」的身影後，很快就暫時遺忘。

但，楊光似乎不是這樣。

分開前他突然被白兔撞飛到山溝裡去，在不確定他的安危前提下，又被強制帶回現實世界，即便回到熟悉的環境，但在那附近並沒有賴文善的身影。

害怕失去他的恐懼，令楊光著急不已，幸好比他早幾分鐘回來的秦睿很快就連絡上他，否則楊光真的很怕自己會慌張到不知所措。

他不在乎那些複雜的事，也不想搞懂現在是什麼情況，只想要盡可能早一秒見到安然無恙的賴文善，除此之外他什麼都不想要。

賴文善嘆口氣。

「你對我沒信心？」

「我是對自己沒信心。」楊光邊說，手臂邊施力，將賴文善抱得更緊，「我怕我找不到你。」

賴文善可以明白楊光害怕再也見不到自己的那種感覺，否則他當時也不會選擇質問白兔，但幸好，從結果來看，他們並沒有迎來最糟糕的結局。

他轉過身，伸出手，將手掌心輕輕貼在楊光的臉頰上。

楊光垂眸看向他，乖巧聽話地往他的手掌心磨蹭，就像是隻裝可愛的大狗狗。

賴文善抬起頭，仔細注視他的瞳孔顏色。

「顏色變得有些淡了，要做嗎？」

「現在已經不需要再用那種藉口，文善你想做的話，我隨時都願意。」

「別把人說得好像是性欲魔人一樣。」

「你不是嗎？」

楊光邊問邊偷偷把手伸進賴文善的衣服裡面。

賴文善勾起嘴角，朝慢慢把頭低下來，靠近他的楊光微微一笑。

「是，但我只在你面前這樣。」

嘴唇緊貼在一起的瞬間，賴文善終於放下心中的大石頭，這時他才意識到，原來自己內心仍有些不安，就像是在害怕這一切都不是真的。

和楊光接吻，能讓他的大腦冷靜下來，也會讓他有種自己還活著的真實感。

舌尖纏繞，嘴唇被彼此的口水弄得溼答答，不在意地沿著嘴角滴下來。

楊光熟練地脫掉賴文善的衣服，兩人相擁親吻，加速退後的腳步，雙雙倒臥在柔軟的床舖上也沒分開。

楊光壓住賴文善的後腦杓，像是要缺氧一樣地吻著他，不願、也不想和他分開，即便聽見賴文善因為跟他接吻而快要喘不過氣來，但一想到和賴文善短暫分開的那幾分鐘，就讓他沒辦法鬆開抱住他的雙手。

「唔……」

賴文善皺緊眉頭，有點不太舒服，忍不住用拳頭敲打楊光的肩膀掙扎，這才終於讓楊光意識到自己親過頭，急急忙忙把嘴唇移開。

「咳咳！咳咳咳！」賴文善大口喘息，顧不得自己滿嘴口水，努力呼吸空氣。

「對、對不起！文善，你沒事吧？」

「你幹嘛親得那麼拚命，我又不會突然消失。」

楊光自知理虧，無力辯解的他，只能道歉，懇求賴文善的原諒：「對不起，你別生我的氣。」

賴文善看著楊光扭捏不安的態度，單手抓住他的肩膀，直接把人壓在床，大膽跨坐在他身上。

「我沒生氣，雖然現在才講可能有點馬後炮，但我也很怕你突然消失不見。」

楊光兩隻手放在賴文善的屁股上，輕輕用手掐，沒辦法安分的手指偷偷地往他的股溝挪動。

賴文善當然感覺得到他在偷偷做什麼好事，面不改色地勾起內褲褲頭，將它扯下來，還沒完全脫掉，楊光就已經忍不住撐起身體。

銳利的眼神就像是要把賴文善直接吞下肚似的，充滿占有欲，喘息聲變得越來越大，手指也按耐不住地在賴文善的小穴附近磨蹭。

賴文善單手扶著楊光的肩膀，稍稍抬起左腿，想要把內褲脫下來，但楊光卻突然把他反推倒在床上，將自己的下半身在賴文善的雙腿間，用力往前擠壓，甚至讓他的屁股懸空。

兩條腿掛在楊光的肩膀，整個人像是快要往後翻滾過去一樣，這個姿勢讓人稍微有些不安，賴文善也因為沒有體驗過這種懸空感而慌張。

「你就非得用這個姿勢做嗎？」

「抱歉，我有點忍不住。」

賴文善的表情確實看起來有點不太舒服，楊光也只能乖乖地把他的雙腿放下來，免得賴文善狠下心用腳踹他。

但，臉頰泛紅、瞳孔顫抖的他，下半身仍緊貼著賴文善，不安分地磨蹭著。

一直被他這樣蹭，讓賴文善也跟著有感覺，很想就這樣把他的褲子脫掉，抓著那根硬梆梆的物體插進自己的屁股裡。

「……唔。」

被蹭到身體微微顫抖的賴文善，忍不住緊咬下唇，強硬的態度也漸漸軟化下來，甚至因為楊光慢吞吞的動作而感到著急。

「快點……不要再鬧。」

「先等等，我幫你擴張。」

「沒有保險套也沒有能潤滑的東西，就別想著把你的東西插進來了。」

楊光震了一下，不太高興地嘟起嘴。

雖然他超級無敵想做，但賴文善說得對，而且他也不希望讓他受傷。

「那，只是摸摸？」

「還要接吻。」

「好吧。」

被扒光衣服的賴文善，全身赤裸地躺在楊光的懷裡。

楊光側頭，親吻他的乳頭，掏出自己的陰莖，和賴文善的一起握在手掌心裡磨蹭。

賴文善也跟他一起抓著，手被包覆在楊光的掌心底下，有種莫名的安全感。

光是打手槍完全無法滿足他，可是他也不希望自己的屁股裂開。

現在的他著急地想要確認楊光在自己面前的真實性，所以只要這樣做就好。

「哈啊……唔……」

楊光的吻從他的胸前慢慢往上，很快就覆蓋住他的雙唇，一邊上下套弄，一邊用舌頭搔弄他的口腔內壁。

賴文善舒服到停不下來，彷彿全身都沾滿楊光的氣味，這讓他變得更加興奮。黏膩的水聲迴盪在耳邊，與接吻的聲響重疊，讓賴文善沒辦法分辨這究竟是哪個地方發出來的聲音。

大腦瞬間就被歡愉感俘虜，升高的體溫讓他渾身上下都變得很敏感，貪心地想要更多，更接近這個人。

他鬆開套弄陰莖的雙手，掛在楊光的背後，因為喜歡，所以他停不下來，身體忍不住收縮，渴望被他貫穿的滋味。

明知道光是磨蹭根本沒辦法完全消除這分熱度，也無法讓自己感到滿足，可是他並不想要在這種地方和楊光做。

此時此刻，只要讓他能夠確認楊光在懷中的事實就好。

「楊光，我想、想射了……」

「嗯，我也……」

楊光知道賴文善敏感的部位，所以故意用他最喜歡的方式磨蹭，看著賴文善鄰近高潮的表情，楊光也忍不住咬緊下唇，因為他的模樣而快要無法忍耐。

在賴文善射出來前，楊光再次吻上他的嘴唇，他可以感覺到精液噴濺在手指上的熱度，以及賴文善因高潮而不斷顫抖的身軀。

他並沒有打算停止，而是舔拭著賴文善的耳垂，不顧幾秒鐘前才剛高潮的他，更用力、速度更快地磨蹭他的陰莖。

「啊！不行、住手——」

賴文善根本沒時間緩和，才剛射過的他瞳孔顏色變得如白雪般銀亮，理智被興奮感淹沒，很快地再次高潮。

第二次射精的量很大，楊光看著沾滿賴文善精液的手，露出開心的笑容，放到嘴邊輕輕舔拭。

看著喜歡的人這麼做，賴文善覺得又羞恥又興奮。

「你是故意在撩我的吧？」

「因為你不讓我放進去，我只好用其他方式讓你同意。」

「屁股真的不行，但這裡可以。」賴文善張開嘴，伸出舌頭，明確地暗示他。

還沒聽見楊光的回覆，他的口腔立刻就被硬挺又炙熱的物體插入。

幸好賴文善反應還算快，沒撞到牙齒，否則痛的可不就只有楊光而已。

「哈……」楊光看著嘴巴裡塞著自己陰莖的賴文善，邊喘氣邊興奮地笑著，「文善，嘴巴再張大點，我想要全部插進去。」

賴文善才剛照做，楊光就粗魯地插進來，差點害他喘不過氣。

因為太過舒服，楊光使勁地擺動自己的腰，在賴文善的嘴巴裡抽插，本來就已經快高潮的他，在用力塞進賴文善的喉嚨後，不自覺地將精液射進去。

在聽到賴文善的咳嗽聲之後，楊光才慌慌張張地拔出來。

「糟、糟糕！抱歉，文善，你沒事吧？」

「咳咳咳……咳……」

他急忙確認賴文善的狀況，但在看到他滿嘴都是自己的精液之後，竟然又忍不住勃起。

賴文善嘴裡的腥味還沒退去，就看到楊光的陰莖很有精神地在眼前晃，當下真的有種深深的無奈感。

「你……」

「對不起，因為文善你太色了，這、這是自然反應。」

楊光脫下自己的衣服，把賴文善臉上的精液擦乾淨。

賴文善瞇著眼睛，總覺得下半身搔癢難耐。

是因為被強行插入喉嚨的關係嗎？不但沒有滿足欲望，反而還變得更想要。

楊光覺得賴文善的表情有點怪怪的，還以為他很不舒服，緊張到不行。

「文善？該不會喉嚨很痛吧！」

賴文善盯著他，抓住他那隻迅速從他的面前收回的手，小聲說：「我、我還想做。」

楊光當場愣住，過好幾秒鐘時間才回過神。

他雙目顫抖，害怕自己聽錯而重新確認：「你你你、你說想做……做什麼？」

賴文善在他的身下主動敞開大腿，將不斷收縮的小穴展現在他眼前，差點沒讓楊光緊張到停止呼吸。

此刻的他就跟變態沒什麼兩樣，一直盯著他的屁股看，陰莖則是硬到不行。

「文善……你這是在勾引我嗎？」

賴文善沒有回答，只是輕輕點了點頭。

楊光二話不說，直接抓起賴文善的大腿，把臉埋進他的兩腿間，用力吸吮。

「等、等一等！你也太急了吧！」

「哈啊……文善……」

賴文善發現楊光已經什麼話都聽不進去了，現在的他就像個變態，但是舌頭塞進屁股裡攪弄的感覺卻又讓他舒服到不行。

他肯定是比楊光還要變態的超級大變態吧。

「唔……你不要又吸又舔……」

楊光根本沒有時間回答他，十分努力、專心擴張他的屁股，就算早一秒也好，他想趕快插進去裡面，狠狠地頂撞賴文善的身體。

無論如何，這都是賴文善主動允許的，所以他絕對不會手下留情。

「……文善。」楊光往賴文善的屁股裡面吐口水，將手指插入，看著他在自己面前不斷顫抖的陰莖說道：「如果你不想要，就揍我吧，因為我真的停不下來了。」

賴文善用腳壓住楊光的背，勾起嘴角一笑。

「我不會揍你的，因為我也沒有要停下來的想法。」

意料之外的回答，讓楊光忍不住笑出聲。

他的男朋友真的又色又帥氣，而且很懂怎麼勾起他的欲火。

賴文善和楊光待在二樓臥室的這段時間，秦睿正在利用自己的能力確認其他能力者的位置跟狀況。

在跟白兔、智蟲確認完自己想要知道的情報過後，為了能夠讓他們這些被現實世界排除在外的幽靈人口，盡快恢復正常的生活，首先必須先把其他還存活的能力者聚集起來。

好在手機的APP功能還能正常使用，雖然其他能力者肯定也會感到混亂、無法接受如此大的變化，但能不能承受得了這個事實，得看個人，他無法強求。

只不過，有些能力者的力量十分危險，或許在之前的世界裡可以放置不管，並不會有什麼太大問題，可是如果在現實世界的話，很有可能會成為罪犯。

申宇民就是最佳例子。

萬幸的是，能力者中最危險、力量最強的申宇民對於其他事情沒有半點興趣，也只想跟他黏在一起，所以能避免最糟糕的情況發生。

其他能力者雖然也保有各自原有的能力，但維持原本強度、不受限制的，似乎只有他們四個。這並不是因為道奇森給予他們的特殊關照，而是因為他們的能力已經解開限制，所以不會受到任何影響。

能力者們並不蠢，就算剛回到現實後會有些混亂、不知所措，但已經習慣使用手機聯繫的他們，應該很快就會透過手機互相聯絡。

秦睿不打算主動去聚集其他人，而是給予他們自由選擇的權利，他本來就不需要義務性地將這些問題攬在自己身上，只是單純想讓他們搞清楚狀況、安心生活。

白兔與智蟲也理解、並同意他的決定。

牠們被道奇森保留下來的最主要理由，除了協助「愛麗絲・道奇森」處理怪物群之外，同時也身負協助、監視能力者們的任務。

現在牠們為了去確認附近有沒有怪物殘存，而離開木屋。

「哥，你能不能稍微休息一下？別老是盯著資料看。」

申宇民把臉貼過來，穿透顯示的螢幕面板，用可憐的表情向秦睿撒嬌。

秦睿眨眨眼，無奈地將螢幕關閉。

「你無聊沒事做？」

「嗯，我好無聊。想要哥哥陪我。」

「申宇民，你應該知道對我撒嬌沒有什麼效果吧？」

「是嗎？但哥你不是把能力收起來了，這就表示我有成功讓哥妥協。」

秦睿頭疼萬分地扶額，很想辯解，卻又無話可說。

「楊光哥和賴文善在樓上的房間裡做愛，我也想做。」

「你、你是怎麼知……」秦睿原本想吐槽，但想想剛才兩人的情況後，還是把剛要說出口的話嚥回去。

確實，那兩個人現在肯定在二樓臥室裡翻雲覆雨，認真思考未來該怎麼辦才好的人，似乎只有他。

身為四人當中最年長的，秦睿總是會不自覺地想要去照顧他們，尤其對重新回到現實的他們來說，能力者相當於同病相憐的夥伴。

可能是過去率領睡鼠陣營時的習慣，導致他沒辦法立刻放下首領的身分，拋棄責任感，所以總覺得自己一定要為其他人做好萬全準備才行。

不過，這裡既沒有怪物，也不用擔心什麼時候會被殺死，雖然生活得重新開始，但是對於擁有能力的他們來說，並不是什麼難事。

秦睿嘆了一口氣，「坦白說，我沒想到在毀掉『Original』之後，所有的能力者都會被解放，早知道就不要浪費時間去考慮到底要不要離開那個鬼地方了。」

申宇民歪頭，不明白地問：「畢竟『門』的事情，只有愛麗絲知道，哥當時也只是做出了最糟糕的推論而已。」

「哈啊……我知道，只是有種多此一舉的感覺。」

「哥，別再想那些沒意義的事了。」申宇民順勢從正面進攻，用自己的身體壓制住坐在沙發上的秦睿，讓他無法逃脫，「來做吧，嗯？我來讓哥開心。」

秦睿傻眼，見到申宇民如此毫不在意的態度，反而讓他覺得自己想太多。

由於秦睿一直沒有回答，申宇民便不再用懇求的語氣，而是強勢、命令的口吻對他說：「哥，我想做。」

秦睿知道申宇民是故意的，他單膝跪在自己的兩腿間，雙手掠過他的肩膀上方，壓住沙發椅背，完完全全將他的退路封鎖。

雙手垂放在身旁兩側的秦睿，垂眸苦笑。

「等智蟲回來再說，牠們不是去附近檢查有沒有漏掉的怪物嗎？應該用不了多少時間，你就先忍忍。」

「牠們兩個短時間內不會回來。」申宇民用冷冰冰的眼神觀察秦睿尷尬的笑容，伸出手，輕輕地用拇指指腹搓揉他那皮笑肉不笑的嘴角，「那兩個傢伙需要占據其他人的身體和身分，才能夠協助我們，讓我們重新回到社會對吧？所以我給他們提供了一點建議。」

「建議？」秦睿很驚訝，因為他完全沒注意到申宇民什麼時候和那兩隻討論過這些事情。

申宇民看到他錯愕的表情，忍不住笑道：「哥你太認真去照顧其他能力者，都不在意我，才會不知道我做了什麼事。」

他將頭垂低，靠近秦睿的臉，在他耳邊輕聲低語：「所以哥，如果之後你不希望自己再後知後覺的話，最好不要把目光從我身上挪開，就這樣一直看著我。」

申宇民完全就是渴望受到關注的小鬼頭，甚至還有分離焦慮症的問題存在，他想要完全占有他，也想要被他占有。

這種彷彿全世界只剩下他們兩個的行為跟想法，非常危險。

「你到底跟牠們說了什麼？」

眼看自己的威脅對秦睿沒有任何效果，申宇民果斷收起強硬的態度，乖乖回答問題。

「哥不是不希望牠們隨便殺人？」

「……是這樣沒錯。」

「所以我就向牠們提供死掉也無所謂，還能對我們有幫助的人選。」

「提供人選？」

「嗯，哥不用擔心，那兩個傢伙就算死掉也不會有人在意，也不會有任何人在意，就連有血緣關係的親人都恨不得把他們殺掉，雖說他們兩個人有一個孩子，不過那個孩子比任何人都想要殺了他們。」

申宇民的眼眸顏色變得越來越亮，就像是對他的情緒產生激烈反應。

「如果智蟲和白兔不打算殺死他們的話，他的孩子也會把他們給殺了。」

秦睿嚇了一跳，對申宇民此時此刻表現出的態度感到害怕。

不過，更多的還是擔心。

他抬起手，輕輕地用手掌心碰觸申宇民的臉頰。

「那兩個人該不會是你爸媽吧？」

他不曾聽申宇民談論起自己的私事，也從未想過要去了解，因為他一直以為他們之間不會再有更深的關係，直到他發現自己再也沒辦法從他的手掌心逃走。

申宇民聽出秦睿的口氣裡有絲擔憂的情緒，便笑著問：「哥，你是在擔心自己的岳父岳母嗎？」

「我不是在擔心那種事好嗎？」秦睿不爽地轉而將放在他臉頰上的手，改成狠狠掐住他的臉皮拉扯，表達自己的不滿。

明明臉皮都被拉長到鬆垮垮的，但申宇民不但沒有喊痛，也沒有阻止他的意思，結果最後還是秦睿自己主動鬆手。

「我擔心的是你，笨蛋。竟然會主動提議，讓別人去殺死自己的父母什麼的……就算你沒有說，我也知道你心裡不好受。」

「不好受？怎麼會呢，有人能代替我下手，我反而覺得賺到了。如果要因為殺死那兩個傢伙，結果冠上殺人罪名的話，真的很不值得。」

「你到底有多討厭自己的父母？」

「超——級討厭的。」

申宇民雖然在笑，但他那冰冷到沒有任何情感的笑容，反而更讓秦睿擔心。

不知道是不是因為秦睿的笑容太過溫柔，令申宇民沉溺，把額頭輕輕靠在他的肩膀上面，輕聲低語。

「我真的只要有哥就好了。」

秦睿沒有回答，只是緊緊抱住看似堅強，實則脆弱到隨時都有可能崩潰的申宇民。

「所以你讓他們兩個去占據你爸媽的身體跟身分？」

「嗯。這樣的話，他們就能使用我家的財產。」

「你家到底是做什麼的啊……」

「一般的企業，賣東西，也有自己研究開發。」

「幹嘛說得這麼不清不楚。」

秦睿總覺得申宇民是故意瞞著不說，而事實證明，他的直覺沒錯。

申宇民開始親吻他的脖子、鎖骨，試圖轉移他的注意力。

他的吻很輕很溫柔，就像是在對待珍貴的寶物，多一絲力氣都怕弄壞他，這讓秦睿清楚感受到申宇民有多麼喜歡自己。

就算對其他人來說，申宇民是個讓人畏懼、可怕的存在，但在他心裡，他只不過是個拚命向他求愛的普通男人。

或許是情人眼裡出西施的關係吧？

「哥，我快忍不住了。」才親個幾口，申宇民的呼吸就變得越來越急促，像是隨時都能把他身上的衣服扒光、撲過來一樣。

秦睿往門口和二樓樓梯看了一眼後，拍拍他的肩膀。

「我不想被別人看到，如果楊光他們離開房間的話，就得立刻停下來？」

申宇民抬眸一笑。

「意思是哥打算穿著衣服做對吧？」

「欸？」

還沒反應過來，他的褲子就被申宇民粗魯地扯掉。光溜溜的下半身暴露在申宇民的視線裡，秦睿心臟狂跳，就這樣看著申宇民解開褲頭鈕扣和拉鍊，只把自己的重要部位露出來。

明明行為跟暴露狂一樣，卻讓秦睿興奮不已，目不轉睛地看著對著他硬挺起來的陰莖，用力嚥口水。

「……哥，別用那種眼神盯著我看。」秦睿的表情，差點沒害申宇民陷入瘋狂，他不耐煩地皺眉，「我一直在忍耐，不想被我強行插進去的話，就收斂點。」

「不管我擺出什麼表情，你都還是會插進來的吧？」

秦睿主動張開雙腿，用手掰開屁股，主動挑逗申宇民。

申宇民忍不住「哈」的一聲笑出來，抓住他的大腿，將自己的龜頭狠狠壓住他的小穴。還沒有擴張過的屁股，比想像中柔軟，似乎只要稍微磨蹭擠下就能順利塞進去。

「哥的這邊已經完全變成我的東西了。」

申宇民一邊說，一邊故意以最慢的速度，將龜頭擠入。

與手指的尺寸差異太大，老實說讓秦睿剛開始有點難以負荷，但很快就感覺到有冷冰冰的異物順著他們結合處的縫隙，鑽進他的體內。

秦睿的下半身，被煙霧型態的黑影覆蓋，而他所感覺到的，正是化為觸手的黑影塞進自己屁股裡面的觸感。

「申宇民，你又用這種方式……」

「手邊沒有潤滑劑，只能這樣做。」申宇民一副沒什麼大不了地回答：「而且哥，你應該也早就已經習慣我用影子替你擴張屁股了吧？」

這確實不是申宇民第一次用這種方式和他做愛，雖然看起來很詭異，但是用影子來替他擴張屁股確實很舒服，也很有效率。

影子就像是申宇民的一部份，在他的操控下給予他最強烈的刺激與快感，當影子從他的屁股鑽入身體的瞬間，秦睿有種自己的一切都被申宇民看透的錯覺。

他的敏感點、感到舒服的地方，甚至喜歡的磨蹭節奏——申宇民全部都知道。

「唔……哼嗯……」

影子的蠕動讓秦睿感到越來越舒服，身體慢慢放鬆的同時，裡面也變得越來越溼軟，甚至沒有注意到申宇民已經全部插進來。

腹部撐撐的，像是剛吃飽的感覺，秦睿忍不住扭動身體，順著影子的動作挪動，還反過來利用它磨蹭自己舒服的位置。

申宇民垂眸盯著秦睿的屁股，發現有黏稠的液體流出來。

打從第一次和秦睿做愛後，申宇民就會在影子的空間裡隱藏潤滑劑，為的就是能夠隨時隨地在想要做的時候，插進他的身體裡。

當然，過去是為了發動能力才會如此安排，但現在卻已經不是。

他只是單純地想要讓秦睿的屁股做好隨時能夠接受他的準備。

除了增加做愛次數之外，他還必須讓秦睿記住自己的形狀和熱度，最好是一見到他就會發情，主動渴望他。

就像現在這樣。

「哥，你看起來很舒服？」申宇民咧嘴一笑，空洞的眼神裡滿是對秦睿的欲望，「真的做得很好呢，哥，你現在已經變成隨時都能跟我做愛的身體了。」

「你這、變態……」秦睿咬緊下唇，理智上想要反駁，但身體卻仍不由自主地想要被他填滿，無意識地擺動下半身。

申宇民並不介意自己被秦睿當成按摩棒使用，因為這樣的景色對他來說比任何事物都要來得美麗。

可以的話，他能看一輩子。

「哥，秦睿哥……」

看著秦睿不斷扭動臀部，吞食自己陰莖的姿態，申宇民的眼神變得越來越迷茫，聲音沙啞。

他瞬間壓住秦睿的身體，不再當個被動的棒子，用力插進最深處。

在感覺到秦睿身體緊縮、在耳邊倒抽口氣的呼吸聲之後，申宇民開始快速擺動自己的下體，撞擊秦睿的腹部。

「啊！你、不要突然……啊唔！」

申宇民無預警地加速抽插，讓秦睿舒服到差點失去意識。

他的唇被申宇民狠狠吻住，只能不斷發出嗯嗯嗯的呻吟聲。

沙發椅腳猛烈晃動，他的身體不受控地搖晃著，被擠壓在腹部的陰莖不斷噴出濃稠的液體，完全沒有辦法靠自己的意識控制。

好不容易掙扎著，嘴巴才終於重獲自由。

他第一件事就是開口向申宇民抱怨：「你、太用、力——」

只可惜，他根本連一句話都說不完，身體就先因為興奮而高潮，向後一仰，弓起腰部，射在他和申宇民兩人的腹部上。

衣服沾滿著秦睿的精液，但申宇民並不在意，單手壓住秦睿的後腦杓，將他緊緊抱在懷裡，閉起雙目，身體一震震地，享受著射在秦睿屁股裡之後的餘韻。

「哈啊……哥的裡面好舒服。」

申宇民慢慢把陰莖拔出來，大量的精液從秦睿的屁股裡流出。

彈出的陰莖貼在秦睿的股溝，不安分地磨蹭。

他雙手掐住秦睿的屁股，用拇指強行撐開不斷張闔的小穴。

「還可以再一次吧？哥。」

喘息著的聲音，急切地向秦睿確認，但他卻沒有要等對方回答的意思，再次把陰莖慢慢地擠進秦睿的身體裡面。

剛經歷過高潮的身體，因為他的進入而瑟瑟顫抖，興奮到停不下來。

申宇民剛開始慢慢抽插，沒過幾秒後便開始加速，聽著秦睿舒服到自然而然發出的呻吟聲，不斷撞擊他的體內深處。

他的眼眸顏色越來越亮，視線鎖定在秦睿的身上，連一秒鐘都捨不得移開。

「哥，舒服嗎？」

「你閉……閉嘴……」

「是不是又要射了？」申宇民邊抽插邊用無辜的表情，歪頭問：「哥你喜歡我磨蹭你這個位置對吧？要不要我再多撞幾下？」

「就、就叫你閉……嗚啊！」

其實申宇民根本不需要聽見回答，無論秦睿說什麼，他都還是會照自己的想法去對待他。

因為秦睿是他的，從頭到腳、從裡到外，全部都是——

正當申宇民享受著和秦睿結合的快感時，一瞬間從影子裡察覺到的氣息，讓他猛然睜大雙眼，臉色頓時變得黯淡。

秦睿發覺申宇民停了下來，眼神迷茫地望著他，張著嘴巴呆呆的。

「怎、怎麼了？」

「……沒什麼事。」申宇民回過神，對秦睿回以微笑，輕輕地吻他，「哥，這次結束後就先休息一下，你別把自己逼得太緊。」

秦睿雖然不知道為什麼申宇民突然願意放過自己，但他很高興這次不會被他操到精疲力竭，或是昏厥。

輕輕點頭回應後，申宇民才又開始再次抽插。

而這一次，他在很短的時間內就被申宇民操到射出來。

申宇民看著全身沾滿精液的秦睿，將疲倦的他抱起來，走向一樓的臥室。

「哥，洗個澡睡一覺吧。」他親吻秦睿的額頭，溫柔地說。

秦睿隨口回應，半夢半醒地被申宇民脫個精光，清洗乾淨後舒服地躺在床上。

倦意很快就將秦睿帶入夢中，而申宇民則是在這之後，默不吭聲地離開房間。

／

影子像是擁有自我意識的黏土，從地底隆起、越漲越大。

維持不到幾秒鐘後融化，從裡面流出紫黑色的黏稠液體，並散發刺鼻的屍臭氣味，令人無法靠近。

這灘液體出現在「A」被申宇民影子吞噬的位置，啵啵啵的氣泡冒出來沒過多久，眾多沉重物體一個個從裡面衝出來。

啪噠、啪噠。

這些物體如破繭而出般地從黑色泥濘裡爬出來，數量不多，身形也比液體面積大很多，讓人不禁懷疑牠們究竟是怎麼進去裡面的。

這些物體都是穿著打扮十分奇特的動物，在黑色黏稠液體慢慢從牠們身上流回地面，重新被影子吸收進去後，終於露出乾淨的面貌。

一隻脖子快要脖子與頭顱分離的兔子，戴著很不符合他頭型大小的高頂帽。

高頂帽幾乎遮住牠的半顆頭，模樣看起來十分搞笑。

動物們像是好不容易才呼吸到新鮮空氣，大口喘息，許久才緩和下來。

「這裡就是……道奇森以前居住的世界？」

「看起來是，但我很不喜歡這個地方的空氣。」

「你說得對，是很討厭。」

高頂帽傳出的聲音，正在和體型嬌小的老鼠說話。

在旁邊甩身體、舔毛的肥胖貓咪，口氣不是很好地說：「活下來的只有我們幾個嗎？」

「角色」的數量明明不只如此，可是現在還活著、並成功逃出來的，只剩牠們，這讓肥胖貓咪心裡很不是滋味。

「沒辦法，事情發生得太突然。如果不是蜥蜴察覺到，即時把我們藏進影子裡面，利用隱藏在怪物化的愛麗絲身體裡面，進而不讓道奇森達成他的目的，我們早就已經不在了。」

高頂帽裡伸出一條腿，踩過那隻兔子的腦袋，將牠踐踏在腳下的同時，扭曲著四肢從高頂帽裡鑽出來。

她的臉看起來又比之前瘦了更多，完全就是皮包骨，雙眼也凸出到讓人不敢直視的地步。

一切，對牠們來說都是那麼的突然。

在他們被那些殺不死的「A」纏住不放的時候，蜥蜴突然出現，把牠們全部吞入影子裡，隱藏在「A」的體內，勉強躲過死亡的命運。

雖然牠們早就知道「愛麗絲」在帶著「Original」找到道奇森之後，這個世界就會被毀掉，但還是阻止不了。

能離開那個世界的，只有能力者和道奇森的跟班。

身為故事原作的道奇森，無法殺死「角色」，因為牠們所有「角色」的命是被綁在一起的，要死只能一起死，而為了白兔和智蟲，他無法那麼做，因此只有讓那個世界消失不見，如此一來，被留下來的所有人事物，全部都會死亡。

這個方法，完美達成道奇森想要殺掉牠們的目的，但他沒想到的是，在這麼長的時間裡，牠們早就已經計劃出應對方案。

那就是利用影子躲進「A」的身體裡面，讓「Original」無法偵測到牠們，如此一來，就可以用搭便車的方式活下來。

當然，牠們並不希望自己居住的空間被毀掉，因為在「現實」，牠們無法像過去那樣自由地行動。

對於道奇森曾居住過的這個現實世界，牠們是完全無知的。過去是能力者們在什麼都不知道的情況下，進入到陌生的環境，現在反而顛倒過來。

「總而言之，能力者們應該也都在。」高頂帽說道：「如果被白兔和智蟲知道我們逃出來的話，會變得很麻煩，我認為先躲藏起來觀察一陣子比較好。」

「……你是想要以這座樹林作為據點？」柴郡貓聽出它的意圖，有些無法信任地歪頭，「我不喜歡這個計畫。」

對於長久以來總是因為力量強大，而居於高點的柴郡貓來說，他十分厭惡這種躲藏的行為，因為這是只有弱者才會做的事。

牠瞇起眼，信誓旦旦地說：「不如先去把那兩個叛徒揪出來……牠們的話肯定比我們更了解這個世界。」

論力量，白兔與智蟲絕對不可能贏過他們，但相對地，在知識量方面卻是那兩隻動物占上風，所以柴郡貓認為用武力來逼迫的話，會比躲起來觀察情況更具有優勢。

睡鼠膽怯地抬起頭，一邊顫抖一邊看著高頂帽和柴郡貓爭論，不知所措。

瘦骨如柴的老女人晃動垂下的雙臂，駝著背望向他們剛才爬出來的那片影子。

影子還在，可是操控它的人卻遲遲不見蹤影，讓她意識到事情不太對勁。

「……喂，你們安靜點。蜥蜴不知道跑哪去了。」

她轉頭，原本是想要讓爭論停止，把注意力集中到這件事情上來，但腳邊的影子卻突然抖動，並在下一秒突然化為數量極多的觸手，瞬間蓋過頭頂，不斷揮舞。

所有人還沒來得及作出反應，只能眼睜睜看著觸手朝牠們撲過來。

「怎麼回事！」

「不會是蜥蜴故意陰我們吧！」

觸手群拍打牠們所站的位置，甚至想要抓住牠們，即便辛苦閃避這些觸手，卻沒有多大的意義。

既無法毀掉影子，也無法阻止，面對無實體的敵人，牠們即便能力再強也無力反擊。

很快的，牠們就看到從觸手群的根部位置走出來的男人。

那張臉讓所有「角色」的表情瞬間變得慘白一片。

是申宇民！

為什麼這個男人會出現在這裡？他不是應該黏在秦睿的屁股後面嗎？

申宇民無神的雙眸，並沒有怒火與不耐，他淡然地看著牠們，抬起手，讓這些傢伙看看在自己手裡掙扎的動物。

那是隻全身漆黑，帶有些許透明感的蜥蜴。

這下牠們總算明白，為什麼沒有見到牠，原來這傢伙早就已經落入申宇民的手中。

也就是說，申宇民早就已經知道他們是用什麼方式逃出來的。

「我對你們想做的事情沒有任何興趣。」

申宇民雖然這樣說，卻更用力地掐住手中的蜥蜴，牠掙扎得更激烈，甚至還發出尖銳的哀號聲。

整座森林裡迴盪著蜥蜴的慘叫，也讓這些「角色」的心涼了一大半。

牠們可沒有打贏申宇民的自信，因為這個男人根本就不是人類，甚至是比怪物還要更像怪物的存在。

但幸好，申宇民並不是會在意他人死活的那種好人。

「……我們不會接近你，可以的話，你也別管我們。」

高頂帽代替其他人，主動開口和申宇民溝通。

申宇民看了它一眼，「哈」的一聲笑出來之後，將蜥蜴在自己的手中掐爛。

所有人驚訝不已地看著蜥蜴死在申宇民的手裡，深怕下一個就是自己，然而申宇民卻沒有打算對其他人出手，在確認蜥蜴的殘骸流入自己腳下的影子後，重新提眸看向牠們。

「我確實不打算管，但要是哥知道我放過你們這些傢伙的話，一定會生氣。」

「什——等、等等！」

高頂帽見到申宇民有要把牠們全部殺掉的意思，急得跳腳。

心急之下，它突然脫口而出：「我、我們可以像智蟲那樣協助你們！」

申宇民的手抖了一下，很明顯地對這個提議感興趣。

「……什麼？」

「牠們既然能夠協助你們，我們也可以。」

高頂帽雖然感受到同伴們不滿的視線，但它別無選擇。

好不容易才活下來，這麼快就要被殺，它沒辦法接受。

自視甚高的柴郡貓相當不爽地說：「哈！你這膽小鬼，難道你真想讓能力者騎到自己頭上來？」

剛抱怨完不到三秒鐘時間，觸手群瞬間撲向柴郡貓。

柴郡貓嚇了一大跳，雖然牠靈巧地閃避過去，沒有被觸手抓到，但透過這次的突擊牠也清楚感覺到自己的速度跟過去落差很大，就像是原有的能力被削弱了一樣。

正當牠因為自己變弱而感到錯愕的時候，牠聽見申宇民用冷冰冰的語氣對牠說：「你只有成為家貓或死貓兩種選擇。」

柴郡貓氣得炸毛，不斷發出威脅的叫聲，可是除此之外牠什麼事都無法做。

申宇民轉過頭去看著主動和他提出協議的高頂帽。

「你知道那兩個傢伙怎麼幫我們嗎？」

「反、反正我們同樣都是道奇森創造出來的角色，牠們能做得到的事，我們也可以。」

「所以你們也能殺人後占據那個人的身體和身分？」

「什麼？」高頂帽似乎沒想到申宇民會這麼問，先是一愣，接著才回答：「可、可以是可以……」

申宇民觀察其他「角色」的反應，看見牠們似乎都不是很理解為什麼，這才稍微露出笑容。

雖然只是普通的笑，但看在這些瑟瑟發抖的小動物眼中，卻像是不懷好意。

確認過這些「角色」的用處後，申宇民操控影子觸手，個別捆住牠們的身體部位，留下一個黑色的環狀物。

隨後他將所有觸手消滅，單手插入口袋，態度不再像之前那樣嚴肅可怕。

「那是影子手銬，能讓我知道你們的位置，如果你們打算亂來的話，我也可以透過遠距離操控它，並在五秒鐘之內把你們吞蝕殆盡。所以，別想動什麼歪念頭。」

接著他轉過身，在自己面前張開一面影子牆壁。

「雖然很麻煩，但賴文善還是得知道你們活著的事，至於要讓你們做什麼，就等跟其他人見面後再說。」

當然，申宇民並沒有等「角色」們回應，一口氣用影子把所有人打包起來後，跨進影子牆壁裡，輕鬆愜意地離開，回到秦睿所在的木屋。

／

在小木屋裡待了約六小時左右後，兩臺高級德國車駛近屋外的山路，前來迎接四人下山。

申宇民很快就認出來接他們的西裝男是他爸爸的祕書之一，於是便暗示其他人上車，一路開往他家的別墅。

祕書並沒有追問他們四人的身分，也沒有對於老闆吩咐的事情多說一句話，起先他們四個還以為這是祕書的習慣與職業道德，直到發現在他的頸部位置黏著一隻軟綿綿的黑色水蛭。

對這情況十分熟悉的他們，很快就明白，是智蟲動的手腳。

來到申宇民家的別墅後，祕書很快就坐車離開，在正門保鑣的指示下，他們進入設計簡單漂亮的單層別墅。

通常打開門之後會先來到大廳，可是正門進去看到的卻是一個在天花板開了個正方形天窗的花園，繞過這種植非常多顏色花朵的入口後，很快就在後方的玻璃落地窗空間看到兩張陌生的面孔。

一男一女，年紀約有四十歲，表情嚴謹。

他們穿著著輕鬆的便服，而非正裝，不過賴文善他們還是很快就明白，這兩個人就是這棟房子的主人。

同時，也是申宇民的父母。

申宇民勾起嘴角，在看到那兩個熟悉的人之後，冷冷一笑。

「這兩個傢伙才不會像這樣面對面坐著喝茶，他們關係可沒這麼好。」

賴文善雖然已經在來這裡前就從秦睿那知道申宇民的計畫與安排，不過親眼看到他用那種不屑的態對面對自己曾經的父母，還是有些意外。

究竟是有多討厭，才會讓智蟲他們去奪取自己父母的身體，將家人當作人偶一樣操控。

「吵死了，我們可沒打算照這兩人原本的個性來行動。」一頭波浪長髮的女人，不耐煩地放下茶杯，轉頭對男人說：「你說是吧？臭蟲子。」

男人發出十分難聽的笑聲，鼻孔與齒縫甚至流出黑色的惡臭液體，看起來相當滲人可怕，不過這種模樣對四人來說，還算可以接受。

畢竟他們之前待過的那個空間，比男人此刻的模樣還要恐怖好幾倍。

「嘖，擦擦你的臉，人類可不會像你那樣流東西出來。」

聽見女人這麼說，男人很快就把液體吸回體內，故作禮貌地輕咳兩聲。

「失禮了。」

「……可以不要那麼做作嗎？我看得很不舒服。」

「唉呀老婆，我可是你最最最最喜歡的丈夫，別說那種讓人傷心的話嘛。」

女人覺得噁心地抱住自己的手臂，抖了兩下，決定放棄跟他溝通。

「總之，計畫還算成功。申宇民，你說得對，這兩個人類確實是最適合的人選。」

申宇民點點頭，「之後的事你們自己看著辦，只要能幫我們四個重新處理好身分就可以。」

「這不是什麼難事。」男人歪頭，露出厭惡的表情，「我倒是沒想到你的父母竟然連製作假身分還有私人武器、藥品交易這些事情都有做，真是令人意外，看來你們家族產業會如此龐大，靠的並不完全是行商實力啊。」

男人的體內是智蟲，女人的體內則是白兔。

他們並非隨便選擇占據的人選，而是依照各自的能力來做安排。

公司方面的工作大部分都是由男人負責，而在交涉這方面，很有可能會因為性格、想法上的前後差異被人懷疑，這個時候智蟲的洗腦能力就能夠派上用場；至於白兔則是負責偏向於金流的部分，管理公司上所有的支出營運，製作假身分等需要花錢的部分，以及聚集其他能力者、為他們安排新生活的工作等，就落在她的身上。

能力者的能力對白兔沒有效果，這點在楊光一開始嘗試利用停滯時間來阻止牠的時候，就已經確認過了。

四人對於他們的安排跟分配，沒有任何異議。

白兔說道：「因為才剛開始著手，所以需要點時間。在我處理完之前，你們先暫時住進其他棟別墅裡面。」

「我要東邊那棟別院。」

因為是自己家，所以申宇民早就知道這塊區域裡有三棟房子，立刻做出選擇。

白兔有點尷尬地看向賴文善和楊光，見他無奈聳肩後點頭同意，這才鬆口氣。

「知道了，那麼另外一棟就給道奇森住。除此之外我會安排兩臺車，方便你們外出，如果需要使用錢的話，車裡的包包有現金能使用。」

短短幾個小時而已，白兔就已經將事情準備得如此完善，讓賴文善很驚訝，不過這應該大部分都是多虧了申宇民父母的財力。

如果不是這種有錢的財閥，大概沒辦法這麼快讓他們擁有穩定的生活。

「申宇民，你的影子裡為什麼有讓人厭煩的臭味？」

智蟲在白兔說明完畢後，皺眉盯著他的鞋底看。

申宇民二話不說，就從影子裡面把那些偷偷溜過來的「角色」們扔到兩人面前，這個意外的狀況，讓智蟲和白兔錯愕不已。

由於申宇民已經跟其他三人提過這件事，所以他們的表情倒是很冷靜。

白兔激動地跳起來說：「你、你們為什麼——」

「角色」們你看我，我看你，沒人敢開口，就像是在害怕自己說錯話之後，會被申宇民懲罰一樣。

「這些傢伙說願意幫你們忙，所以找幾個人選，殺了之後讓牠們占據那個人的身分吧。」

申宇民說這件事的時候，態度十分自然，完全不把其他人的性命當回事。

理所當然，賴文善他們也支持申宇民的決定，甚至不覺得這樣做有什麼不妥。

白兔和智蟲對看一眼後，接受了申宇民的要求。

「我會安排的。」

最了解申宇民個性的智蟲，親口允諾。

在場沒有任何一個人對牠們表現出憐憫與不捨，「角色」們在這些人的視線壓迫下，越來越覺得他們比自己還要更適合「怪物」這個詞。

不知道賴文善他們有沒有自覺，他們的思想與觀念已經遠遠偏離人類的範疇。

在過去，「角色」和怪物的存在無異是種威脅，然而在那個世界崩潰後，被解放出來的能力者們，卻成為現實世界裡危險性最高的不安定因素。

而賴文善等人並沒有察覺到這個事實。

「你們去休息吧，我們會盡快安排好，讓你們重新回到正常的生活。」白兔起身，向四人彎腰行禮，「辛苦你們了，能力者們……還有愛麗絲．道奇森。」

她抬起頭，血色瞳孔注視著賴文善呆滯的表情。

賴文善突然覺得她的視線有點駭人，下意識抓緊身旁的楊光，點了點頭。

白兔給他的感覺並不像是在威脅，倒是有點像是在觀察他的樣子。

為什麼？明明應該在成功逃脫出來之後，就沒他的事情了才對。

但是為什麼——他總是會莫名產生不安的預感？

Chapter 10

愛麗絲

回到現實後的時間過得特別快，轉眼間半年過去，原本被抹除存在的賴文善等人也順利地開啟新的生活。

雖然被家人和朋友遺忘，但奇妙的是，賴文善的心裡並沒有覺得可惜，甚至一點感覺也沒有，即便他知道自己這樣有點奇怪，不過因為和楊光在一起的新生活過得很快樂，所以並沒有仔細去思考。

偶而，他看著鏡中的自己，會有種他不再是「人類」的錯覺。

就像秦睿他們一樣，以「人類」身分活下來的他們，在認知與思想方面似乎已經受到那個世界的嚴重影響，就像是某種情感被剝奪了。

他們並沒有失去任何感情，只是將進入《愛麗絲夢遊仙境》的世界前的一切，全部都拋棄了。

可能是因為賴文善是四人當中，待在那個世界裡時間最短的能力者，所以多少還能夠感到違和感，其他人的話則是完全沒有意識到。

在白兔和智蟲的協助下，他們得以取回原本的名字，楊光回到了原本的大學，並和賴文善在大學附近租了一間套房同居，在楊光上學的時間，賴文善就去附近的餐廳兼職，生活方面沒有任何問題。

申宇民在秦睿的堅持下，回到學校繼續完成學業，雖然本人非常不願意，不過因為他無法拒絕秦睿的命令，也只能頂著臭臉，當個聽話的孩子。

除此之外，申宇民恢復了自己財閥家族兒子的身分，就像是完全沒有離開過一樣，這點讓賴文善非常困惑，不知道智蟲他們究竟是怎麼做到的。

不過，因為他不是很想多管閒事，惹申宇民不開心，所以他決定眼不見為淨。

雖然他們是有同樣遭遇的同伴，但可以的話，他希望自己未來能夠過上平靜、沒有任何危險的普通生活。

就像秦睿說的，他們沒有必要特地去找回其他能力者，或是對他們所持有的能力而提心吊膽，因為這不是他們該管的事。

其他能力者的問題，全部交給了智蟲和白兔去處理。

對他們來說，這是他們的造物主——道奇森的願望，所以他們必須去做，萬幸的是還有其他「角色」能夠幫忙，所以還算輕鬆。

「文善！」

上完下午第二節課的楊光，開心地往站在校門口的賴文善跑過來。

賴文善雙手插在口袋裡，還沒來得及抽出，就被速度飛快的楊光撲過來，緊緊抱在懷中。

這個舉動嚇得賴文善動彈不得，滿臉通紅，急急忙忙拍打他的背部提醒：「還、還不快點放開我！這裡可是你大學門口欸！」

「我不要，我一整天沒見到你了……」楊光可憐兮兮地嘟嘴抱怨，甚至開始直接摟著他上下其手，絲毫不在意其他學生詫異的目光。

賴文善冷汗直冒，頭痛萬分地扶額。

「……你真的是，真要這麼正大光明地坦白我們兩個的關係嗎？」

「文善你不想讓別人知道，我是你男朋友嗎？我在大學裡可是很受歡迎的哦，要是你不把我管好，我被別人拐跑了怎麼辦？」

「會說這種話的人，才最不可能劈腿吧。」

「好歹吃點醋嘛，不然這樣我好孤單。」

「孤單什麼？我不是一直都跟你在一起？」

賴文善歪頭盯著楊光看，完全不懂他為什麼要這樣說。

雖然這副模樣看在楊光眼裡十分可愛，不過楊光心裡還是有點傷心。

看著楊光嘟嘴耍賴的態度，賴文善不禁苦笑，忍不住往他的臉頰親下去。

儘管嘴唇停留在臉頰上面的時間只有短短幾秒，但楊光還是驚訝地瞪大雙眸，猛然轉頭盯著賴文善，笑得合不攏嘴。

「文善——」

「夠了。」

把還想湊過來接吻的楊光無情地推開後，賴文善滿臉通紅，拉著嘿嘿傻笑的楊光，從其他學生的注目下快速逃離。

過去的他，絕對不可能在別人面前和男人做出這種親密行為，多虧了被困在《愛麗絲夢遊仙境》中的經歷，他變得不再在意他人的目光和想法。

對於自己的改變，賴文善心裡還是有些癢癢的，沒辦法習慣，但是卻有種通體舒暢的感覺，心情雖然有些複雜，不過他並不討厭這樣的變化。

他們倆個人一如往常地在楊光下課後，到市區約會，直到吃完晚餐才回到住處休息，隔天早上再繼續重複著同樣的生活。

賴文善很喜歡現在的日子，甚至覺得比過去過得還要好，現在想想，在遇到楊光之前的他的生活總是單調沒有變化，即便跟同事外出，也不過是在應付基本人際關係，進行最低限度的交流。

一直到楊光突然撞進他的世界裡，賴文善才終於有種能夠好好呼吸，確實體會到自己存在意義的感覺。

這或許就是他為什麼會那麼喜歡楊光的原因，甚至願意為了他做任何事。

但是，回到現實世界後的賴文善，除了重新感受到過去從未有過的幸福之外，同時也產生強烈的違和感。

他發現這種情況只有發生在他一個人身上，與其說楊光、秦睿和中宇民他們沒有意識到，倒不如說他們就像是不曾去思考過。

賴文善曾猜測，是不是因為他待在那個世界的時間比較短，所以才會比他們三個人更敏銳些，不過他還有另外一種猜測——那就是「愛麗絲」。

和楊光的生活穩定下來後，賴文善決定去尋找心中這股違和感的原因。

他趁楊光大學課程最多的那天，獨自外出，原本是想要先去找白兔跟智蟲問清楚的，可惜這兩個大忙人最近正好不在國內，也不知道什麼時候才會回來，於是他只好決定先從「愛麗絲」下手。

在科技發達，搜尋系統變得非常便利的現代，上網能找到的資料很多，而在找尋《愛麗絲夢遊仙境》這部作品的時候，賴文善無意間發現一個正在臺灣進行畫展的活動。

他不知道理由，但在看到那名畫家名字的瞬間，突然產生一種自己非去不可的感覺，等回過神來的時候，他已經來到展覽入口，手裡還拿著剛買好的票。

由於是平日，人潮並不多，賴文善看著畫展大門幾秒後，深吸口氣，踏入建築物內。

室內的強烈冷氣，讓只有穿薄外套的他冷得發抖，館內展示的畫作大部分都很詭異，並不是水墨、油畫，而是些讓人很難去理解、充滿意境的抽象畫。

賴文善看著這些畫作的時候，並沒有什麼感覺，直到他來到一幅占滿整面雪白色牆壁，長度快要和天花板與地板緊貼的巨大畫布前。

他震驚地瞪大眼，不由自主地停下來看著它。

一股反胃感頓時令他頭痛欲裂，因為眼前的這幅畫作，就像是「那個世界」的場景。

全黑的畫布上，只有幾條粗糙的白色線條，明顯勾勒出穿著洋裝、身材細長的女人形體，除此之外還有幾處像是隨手亂畫的複雜線條，旁邊還有著像是倒在地上、肢體破碎的人體。

簡直就像是「A」。

賴文善覺得很不舒服，下意識想要離開，但是當他轉過身背對那幅畫的時候，卻慢半拍地發現有個人站在自己身後，兩人之間的距離僅僅只有三步。

因為離得有點近，加上沒有意識到對方的存在，賴文善嚇了一大跳。

他抬起頭，和對方四目相交的瞬間，愕然發現這個男人的雙眸散發著慘白的光芒。

跟他眼眸的銀光不同，那是比畫布還要雪白，像是沒有碰觸過任何色彩，純淨的白色──

「嚇！」

大腦還在思考其他事情，這個男人就突然抬起左腳，輕輕往地面踩下去。

看似輕微、沒有任何力道的動作，卻讓整棟展覽館開始產生劇烈搖晃，就像是突然發生大型地震。

賴文善不穩地單膝跪地，在意識到這個男人也是能力者的瞬間，對方的拳頭已經來到自己的雙目前，距離不到五公分的位置。

距離雖短，但賴文善還是趕在拳頭打到他之前向後閃避，不過對方並沒有因此收手，而是接二連三地用近身格鬥技巧攻擊他。

對於沒有學過防身術，也不曾跟人打過架的賴文善來說，只能努力閃躲開來，盡可能不要被他打到。

可能是因為他太會躲的關係，這個男人的表情越來越不爽。

賴文善知道光靠閃避是沒有辦法解決眼前的問題，既然對方也是能力者的話，那麼他最好也要用能力來對抗才行。

於是他直視對方，利用操控血液的能力，將這個男人的身體定住。

男人發現自己無法隨心所欲的控制身體，像個雕像一樣定格，發出一聲輕笑。

賴文善還以為對方是打算放棄，沒想到整棟展覽館卻突然再次上下晃動，而這回地震的幅度比前一次還要劇烈。

身體不穩的賴文善，很快就因為地震而分神，沒有辦法繼續再注意男人。

男人趁著他無法控制血液的瞬間，往前跨步，伸長手臂狠狠掐住他的脖子，將賴文善整個人往後推撞到那幅漆黑的畫作上。

「嗚！」賴文善皺緊眉頭，快要不能呼吸。

他可以感受到這個男人十分了解怎麼做能夠讓他窒息，也就是說，這個男人十分擅長殺人。

賴文善緊咬下唇，怎麼樣也想不明白。

他不記得能力者當中有這樣的一號人物，如果有的話，秦睿應該會特別留意才對。

這男人，究竟是誰？

男人看著臉色鐵青、在自己手裡掙扎的賴文善，慢慢垂眸，盯著他的胸口。

沒過多久，他突然開口說：「看來你就是愛麗絲．道奇森？」

出乎意料之外的提問，令賴文善驚訝不已。

這個名字應該只有秦睿他們知道才對，其他能力者根本沒有掌握這份情報的手段跟方式，既然如此，為什麼這個男人卻能說得如此篤定？

「看你的眼神，似乎很意外聽到我說出這個名字。」

「咳、咳咳……你……究竟是……」

說也奇怪，像這樣的打鬥行為，即便是在人潮偏少的展覽館裡面，也一定會引起騷動，警衛也會出現才對，可是從剛才開始，周圍就安靜得不像話，而且連一個人都沒有。

彷彿整間展覽館裡只剩他跟這個男人。

能力者不可能具備複數以上的能力，也就是說，肯定有其他人在協助他。

「原本的道奇森死了嗎？」

「什、什麼？」

「我問你道奇森是不是死了。」男人瞇起雙眸，語氣中充滿威脅。

賴文善根本聽不懂，也不想回答男人的問題。

正當他不知道該如何從男人的手中逃脫的時候，他的身體裡面突然鑽出金光閃閃的砂礫。

一看見這個東西，男人露出驚訝的表情，並迅速鬆開了手。

「咳咳咳！」

雙腿癱軟，跌坐在地上的賴文善，撫摸著被男人掐出手印的脖子，眼眶泛淚。

此時散發金光的砂礫已經在他跟這個男人之間慢慢凝聚起來，並顯現出一個簡單的單字。

"Sorry."

就像是用盡最後一絲力氣，金色砂礫很快就消失不見。

而看到那個英文單字後的男人，心情變得更加糟糕，但是沒有再繼續對賴文善釋放出敵意。

他單手扶額，撩起瀏海，沉重地嘆了一口長氣。

「唉——該死的。」

賴文善原本想偷偷溜走，可是男人卻發現他的意圖，像個混混一樣蹲下來，雙手跨放在大腿上面，皮笑肉不笑地盯著他看。

「看來我們有很多話要聊啊，愛麗絲。」

「我、我沒有話要跟你說。」

「你心裡應該有很多問題吧？包括那種說不出口的違和感。」男人收起威脅的態度，對他伸出手，「剛才真抱歉，因為我在你身上發現那傢伙的力量，所以才會出手攻擊你……放心吧，我不會對你做什麼的，只是有些話想要問你。」

看著男人，賴文善十分猶豫。

這個人很顯然也是知道那個世界的能力者，可是看起來卻不像是跟他們一起逃出來的？

心裡雖然仍有疑慮，但賴文善最終還是決定和這個奇怪的男人聊聊。

「我只有一個小時左右的空檔。」

「那足夠喝杯下午茶了。」

男人沒等賴文善把手交給他，擅自拽住他的手臂，把人從地上拉起來。

他笑著對賴文善說：「我知道這附近有間不錯的咖啡廳，走吧。」

賴文善根本沒機會拒絕，就這樣被男人拉出展覽館。

當他離開的時候才發現，參觀展覽的人都回來了，但大家都像是沒有發生過任何事情一樣，有說有笑、專心地欣賞掛在牆壁上的畫作。

「這是怎麼回事？你做了什麼？」

「哦，我用了其他能力把空間切割出來，這樣才不會影響到普通人。」

「其他能力？怎、怎麼可能，能力者不是只有一個……」

男人聽到他這麼說，突然停下腳步，轉過頭來對他說：「這是我從那個地方活著逃出來之後獲得的特權，我現在所擁有的能力數量，是你想像不到的。」

賴文善愣了一下，在聽完男人說的話之後，心中的疑惑越來越大。

這男人，究竟是誰？

「剛才你去的那個畫展的畫家，曾替《愛麗絲夢遊仙境》的原始版本畫過插畫，雖然只有一幅，全球只有印刷兩千多本，但很多人都不知道，那個畫家有許多為那部作品畫的未公開畫作。」

男人將咖啡放在賴文善面前，並坐在他的對面後，很快就切入重點向他解釋。

這彷彿就是在跟賴文善暗示，他並不想要知道賴文善是誰，而是急於知道關於「道奇森」的事。

從這個人的態度來看，似乎認識「道奇森」，但這很奇怪，如果說他認識作者的話，不可能會這麼年輕才對。而且他還提到自己也是「成功逃出來」的能力者。

看著賴文善連碰也不碰咖啡，用警戒的視線看著自己，男人只能苦笑。

「你看上去不是很相信我說的話。」

「如果換作是你，被莫名其妙攻擊後，會放心地和攻擊你的人坐下來閒話家常嗎？」

聽到賴文善這麼說，男人只是笑了笑。

他的態度和剛開始遇見的時候差非常多，甚至讓賴文善懷疑這個男人是不是精神有問題，不過他的猜測很快就被對方看穿。

「我不是什麼怪人，會對你出手是擔心你跟我之前遇到的能力者一樣，具有威脅。不過在那句道歉出現前，我確實是想殺了你沒錯。」

「道歉……是指『Original』嗎？」

「『Original』？那是什麼？」

賴文善覺得自己很像是在雞同鴨講，也意識到兩人之間對於那個世界有著微妙的認知差異。

這讓他開始懷疑，他們所知道的那個世界是一樣的嗎？

「你說你也是能力者，但為什麼我卻覺得你跟去過的地方不是同一個？」

賴文善直接了當地問，他不想要再繼續浪費時間周旋與猜測，就算早一秒也好，他也想要徹底抹除內心地違和感。

男人抬起眼眸，玻璃窗外的陽光落在他的臉上，將他本來就很出眾的漂亮外貌照得閃閃發亮，這跟陰沉不起眼的賴文善產生了非常大的對比感。

賴文善知道這個男人很漂亮，但他沒有心思去在意這種事。

「我先自我介紹吧。」男人放下喝了一半的咖啡，「我的名字不重要，你只需要知道我曾經進入過《愛麗絲夢遊仙境》的世界，並困在那個地獄好幾年的時間。」

「什麼？」賴文善驚愕地瞪大雙眸，嘴巴不自覺地張開，「你說……好幾年？怎、怎麼可能……」

雖然秦睿說過自己待了很長時間，不過從這個男人的態度上來看，似乎並不是短短一兩年的時光。

他游刃有餘的態度、持有複數以上的能力——這全都讓賴文善漸漸往另外一個方向猜測。

而這，也是他認為最糟糕的結論。

「你很聰明啊，我看你的表情，似乎已經猜到我打算說什麼了。」

男人勾起嘴角，攤手道：「我回答你剛才提出的問題，正如同你說的，我們兩個被困的並不是同一個地方。」

「意思是還有很多個？」

「不，那個世界只有一個，而且是被我親手毀掉的，所以我比任何人都清楚。你跟其他能力者被困的地方，並不是『原始版本』，而是被另外一名能力者創造出來的仿冒品。」

男人說完，觀察賴文善的反應後，嘆了口氣。

「看來我給出的回答，跟你想的不同。」

當然不一樣！

賴文善在心中大聲吶喊，但事實上他卻一句話都說不出來。

仿冒的？也就是說那個空間是能力者創造出來的世界？

這怎麼可能！

就像是看穿他的想法，男人準確地開口答覆：「這當然是有可能的事，你也知道，能力者被賦予的能力是隨機的，而且在某種條件下能夠將自己的能力成長到最大值。」

賴文善嚇一跳，警戒地盯著男人看。

男人哈哈笑道：「別誤會，是因為你的臉上寫著『這怎麼可能』，所以我才會直接這樣說。你的反應很有趣呢。」

他笑著說完後，收起輕鬆的態度，繼續說下去：「簡單來說，你們去的那個空間是某個能力者利用自己的能力複製出來的，並不是真正的《愛麗絲夢遊仙境》。」

「什麼？那麼那個自稱是道奇森的男人……」

「他就是創造那個仿冒空間的能力者。」

這下子賴文善終於能夠明白，為什麼心裡總是會有種奇妙的違和感。

還有就是為什麼在那個世界瓦解後，能力者們全部都會被送回現實世界——包括已經成為怪物的「A」。

看樣子他跟楊光所知道的那個詭譎空間，全都是另外一名能力者所創造出來的，但為什麼那個自稱是道奇森的男人，要殺了他？

「那個男人把『Original』變成刀子一樣的東西，插進我的胸口。」賴文善向對方闡述著當時的情況，試圖得到更多線索，「如果說只要殺死能力者，能力就會因失效而把大家全部放出來，那麼為什麼他要對我下手？」

「……那個傢伙所複製出來的世界，再怎麼樣也不可能跟原來的《愛麗絲夢遊仙境》一模一樣，雖然我不知道你們在裡面經歷了什麼，但我可以保證的是，我所經歷過的那個世界，絕對不是你們能夠相比的。」

「你的意思是危險度還是……」

「一切。」男人嘆了口氣，看樣子不太想繼續談這段過去，他轉而回答賴文善的問題：「那個自稱是道奇森的男人，過去也跟我一樣被困在《愛麗絲夢遊仙境》裡面，但他跟其他人不同，他很後悔離開那裡，甚至試圖想要回去，但是因為做不到，所以那傢伙用自己的『創造』能力，按照自己的記憶構築起他所想要的世界。」

「我只知道他把自己獨自關在裡面，在那之後，我也再也沒見過他。雖然我早料到那個仿冒品可能會再次對人造成危害……但是我沒有辦法知道它的位置，也不知道進入的辦法，所以什麼都做不了。」

「那麼你現在為什麼會出現在從那裡逃出來的我面前？」

「我可以感覺得到那個空間已經徹底消失，雖然是仿冒品，但它所具備的能力和那個世界一模一樣，也就是說它能創造出新的能力者……也就是回到現實世界的你們。」

「你是來確定我們有沒有威脅的嗎？」

「……不，更正確來說，我是來找你的。」男人指向賴文善的胸口，「剛才那個金色流沙，就是那傢伙的『創造』能力，他把最後的一絲力量寄存在你體內，應該就是料到在你們回到現實世界後，我會過來找你。」

「所以他是想跟你道歉，剛剛才又突然冒出來？」

「大概是吧，我也不確定那傢伙在想什麼。」男人嘆口氣，語氣聽起來不太高興，似乎是對這沒有半點誠意的道歉方式感到不滿，「現在我可以感覺得到他的力量已經完全消失不見，不過他的創造物似乎還在？」

賴文善知道男人指的是智蟲他們，正當他要回答的時候，卻被男人阻止。

「沒關係，你不用回答我。我來找你也只是因為感覺到他的力量而已，並不是想要聽你解釋。」接著他說道：「你口中的那個什麼O的，應該就是道奇森的『創造』能力，那傢伙可以憑自己的意識憑空創造新的東西出來，無論是武器、動物，甚至是一個新的空間……不過他的能力沒辦法創造活生生的人。」

「……我見到他的時候，他的狀態很奇怪，而他的創造物跟我說過，道奇森失去對那個世界的控制權，所以才會躲在那個地方。」賴文善抬起頭，覺得奇怪地說：「如果他想毀掉那個世界，只要自殺就好，可是他為什麼不那樣做？反而還把能力者稱作『愛麗絲』，讓我們過去找他？」

「能力者是沒辦法殺死自己的。」男人垂眸，「如果能夠自殺，也就不會有那麼多能力者變成瘋子，痛苦不堪。」

這件事賴文善倒是頭一次聽見。

秦睿曾提起過，能力者自殺的比例很少，但並不是沒有發生過。會這樣說，就代表曾經有發生過這樣的事情才對，可是為什麼男人卻說能力者無法殺死自己？

難道，是因為困住他們的那個世界是其他能力者創造出來的，所以才會跟這個人的認知上有些許落差？

畢竟這個男人說過，仿冒並不完美。

「從你的敘述聽起來，應該是他在無法自殺的情況下，將那個世界的規則設定成只要失去主角就能結束。所以他才會需要除他之外的能力者過去找他，至於他是靠什麼方式來挑選人的，我就不清楚了。」

「也就是說，他讓自己創造出來的世界認定主角死亡的事實，然後再利用『Original』的力量保護我，讓我能活著回到現實世界？」

「只需要心臟一瞬間驟停就可以，他不需要為此奪走你的命。」男人說完，像是想起什麼事情一樣，露出苦澀的笑容。

「那傢伙不是壞人，他只是……不想離開。雖然我勸過，但最終我還是沒能成功阻止他這麼做，所以我才會來見你，尤其是被他挑上的你。」

男人的笑容，不知道為什麼讓賴文善感到心痛。

從這個人的眼神裡，他似乎感受到這個人對自稱是道奇森的那個人，好像有著其他不同的感情與留念。

「你……該不會對那傢伙……」

男人知道賴文善想說什麼，不過他什麼都沒說，只是笑了笑。

他起身拿起帳單，走向櫃臺結帳的同時，兩人的交談也就此劃上句點。

賴文善親眼看著他走出咖啡廳，卻沒有在外面的人行道上見到他離開的身影。

雖然不知道這個男人究竟有多少種能力，但可以確定的是，他們應該不會再見面了。

對於這個男人，賴文善還存有許多疑問，包括他提到自己是「逃出來」的，這似乎是在暗指那個恐怖的《愛麗絲夢遊仙境》空間，還存在於這個世上。

賴文善看著咖啡杯中的拉花漸漸走樣、溶化，垂下雙眸。

他決定不再去思考這些事，無法否定，不管是他還是那個男人，都曾經歷過一場無法預料的災難。

他該慶幸自己是進入仿冒的，而不是那個男人與道奇森曾待過的正牌《愛麗絲夢遊仙境》世界嗎？老實說，他不知道，也不想去追究這個問題的正確答案。

拿起咖啡杯，一口灌下。

在把這杯免費的咖啡喝完後，賴文善拿起包包，走出咖啡廳。

藏在心底的違和感，就此消失不見，可是他的心情卻沒有很好。

他打算把今天見到那個男人的事，就此留在這一刻，不再想起，也不再去追究。

因為他不是那個垂死、冒充道奇森名義的男人，也不是曾經歷過正牌恐怖世界的神祕陌生人，他只是個被捲入的旁觀者。

現在，他急切地想要見到楊光，比過去任何一個瞬間都要思念他的男朋友。

於是他轉身，往楊光所就讀的大學快步離去。

／

「楊光，今天大家打算去學校附近新開的餐廳聚餐，你來不來？」

剛下課沒多久，幾名背著背包的學生便湊到正在整理筆記本的楊光面前，向他提出邀請。

楊光眨眨眼，抬起頭笑道：「好啊，但我只能待三十分鐘。」

「這麼急？你不是今天沒有打工嗎？」

「是沒有，但我得去見我的戀人。」

聽到楊光坦承自己有交往對象的同時，這幾個學生你看我我看你，同時無奈嘆息，像是很遺憾聽見這個消息。

「雖然我們早料到你可能已經有交往的人了，但還是……」

「怪不得小雅每次主動約你你都不去。」

「應日系的微雪也這樣說過，她還懷疑你是不是不喜歡美女。」

除這兩個人之外，同學們還又開口說出幾個名字，結果越說越多，反倒讓楊光有點不好意思。

自從他插班入學以來，確實有不少美女跟他告白，剛開始他還會以剛入學作為藉口來拒絕，但因為越來越多人不死心，他最後只好坦白自己已經有交往對象的事。

不過，還是有些間接聽見這個消息，卻不相信的學生，會當面跑來聽他親口承認，或者用請客、一起出去玩、做報告等藉口來拐彎抹腳邀他出去，再用旁敲側打的方式試探他。

當然，楊光知道這些人並沒有惡意，但偶而還是會覺得很麻煩。

事實上，他很想乾脆坦承自己的戀人是男性，而且還愛他愛得要死，非他不可，除他之外的人他連一秒鐘都不會考慮——可是他並沒有這樣做。

因為賴文善不喜歡。

他在重新回到學校念書前，曾答應過賴文善，不會公開自己和男性交往的事，雖然他不喜歡隱瞞事實，但他選擇尊重賴文善的決定。

「喂，楊光，你交往的對象是不是長得很醜？」

原本思緒稍微有些飄走的楊光，突然被男同學的這句話嚇到回神。

他還來不及生氣，旁邊另外兩名女同學就直接往這個人的後腦杓狠狠K下去。

「你這白癡！說那什麼蠢話！」

「你幹嘛隨便毀謗別人的女朋友？找死啊？」

由於這兩個女同學的反應比他還快，楊光根本來不及生氣，反倒忍不住笑出來。

「妳們可以多揍他幾下，否則如果我來的話，他應該已經頭破血流了。」

「嗚哇！楊光，你是真打算把我往死裡打？」

「誰叫你說我喜歡的人長得醜？」楊光理直氣壯地糾正：「和我交往的那個人，簡直可愛到不行，長得也很好看，所以我絕對不允許任何人那樣說，就算沒見過面也一樣。」

或許是沒料到楊光會突然誇起自己的戀人，三名同學反而有些驚訝。

「看來你真的很喜歡她。」

「就是說啊……沒想到會被你這個超級大帥哥疼愛成這樣，那肯定很可愛。」

女同學們的反應和那個說錯話的男同學完全相反，她們開始對楊光的戀人產生滿滿的好奇心，暗自在心中認定對方肯定是個身材嬌小、像倉鼠般可愛的女孩子。

當然，事實並非如此。

楊光大概能猜出她們腦袋瓜裡在幻想什麼，不過他並不打算糾正。就這樣誤會也滿好的，只要這件事能順利傳開，應該就不會再有人試圖跟他告白，也能斷了那些還妄想追求他的念頭。

就在他整理好包包，準備和這些同學一起過去餐廳的時候，手機傳來訊息通知聲。走出教室的楊光，低頭看了一眼手機，立刻停下腳步。

三個人發現楊光沒跟上來，好奇地轉頭。

「怎麼了？」

「快點走啦，我肚子好餓。」

「……抱歉。」楊光臉頰微微泛紅，彎起雙眸，笑得十分燦爛，「我戀人來學校找我，這次聚餐我就不跟了。」

說完這句話的楊光，拋下還沒來得及回答他的同學們，頭也不回往大樓門口狂奔，直衝大學正門。

當他滿頭大汗、氣喘吁吁地來到門口的時候，很快就看到坐在紅磚砌成的花圃邊緣上的賴文善。

賴文善正在無聊哼歌，雙眸雖然看起來呆滯、沒什麼精神的樣子，但在那黑色的瞳孔裡卻閃爍著只有楊光能夠看見的銀色星光。

路過的人沒有一個回頭看賴文善，對他們來說，這個長相普通、並不起眼的頹靡男子只不過是個空氣般的存在，但對楊光來說卻不是。

他眼裡，只看得見賴文善。

「文善！」

他大聲呼喊賴文善的名字，而當賴文善聽見他的聲音，迅速轉過頭來的瞬間，那雙淡然的眼眸突然睜大，變得炯炯有神。

賴文善跳起來，在看到朝他快速走進的楊光後，彎起眼眸笑出來。

他的這副模樣，令楊光心動不已，甚至顧不得還在大學門口，就這樣緊緊把人抱進懷裡。

「哈啊——文善，好想你，真的超級無敵想你的。」

聽到他這麼說，賴文善忍不住笑出聲，輕拍著他的背。

「早上明明一起出門的不是嗎？只不過幾小時沒見到面而已。」

「就、就算只有幾小時，對我來說也是種煎熬。」

「你是有分離焦慮症的狗嗎？」

「哼……」楊光不滿被賴文善嘲笑，於是他抓住賴文善的肩膀，稍稍和他分開一些距離，在他面前叫了聲：「汪！」

賴文善一瞬間沒反應過來，直到他發現楊光是在附和他剛才說的話，才捧腹大笑。

「哈哈哈哈！」

「汪嗚嗚嗚……」

楊光繼續撒嬌，還把頭埋進賴文善的頸部，輕輕磨蹭。

賴文善很喜歡他這樣做，笑得更開心了。

這兩個人完全忘記他們還在人來人往的大學校門口，甚至無視了周遭用驚訝目光注視著他們放閃光的學生們。

有些人臉紅盯著他們，有些人則是認出楊光那張超級帥氣的臉，就這樣全都默默用視線投以關愛。

楊光因為賴文善來大學找他，一時太高興而忘記這件事，等到他意識到不該在外面和賴文善這麼親密後，急忙挺直腰桿，把手從他身上移開，後退三步和他拉開距離。

賴文善在發現懷裡的人突然跟他分開來之後，眨眨眼，一臉不高興地看著冷汗直冒、像是做錯事的楊光。

「你在幹嘛？」

「文、文善你不是說過，不可以在外面卿卿我我……」

賴文善這才想起來，自己確實提過這件事。

身為同性戀，本來就只將男性作為戀愛對象的賴文善來說，他確實不喜歡這樣做，因為他不喜歡那些把他當成異類的目光，所以一開始他就主動和楊光要求，希望在外面能表現出朋友的感覺，而不是戀人。

明明，應該是這樣的才對。

但，在楊光剛才急速和他拉開距離的瞬間，賴文善的心裡卻感到十分難受，就好像被楊光拒絕了一樣，這種感覺讓人寂寞、心情悶悶的。

過去的他，一直小心翼翼地不想其他人發現自己喜歡男人，也因為擔心楊光，所以他才會主動要求隱瞞這件事，可是當他去觀察其他學生的表情和反應，重新將視線放回面前的楊光身上後，他發現這樣做沒有任何意義。

楊光一臉受傷、擔心他的表情，讓賴文善明白了一件事。

他們不過是喜歡彼此，所以才會談戀愛、交往，無論對象是誰，都不該隱瞞這個事實，因為這樣只會讓這段感情受到傷害。

在《愛麗絲夢遊仙境》的世界裡，為了活命，他們根本沒有時間去思考性別，即便痛苦，身為異性戀的楊光仍選擇喜歡上他。

所以，他也該鼓起勇氣。

賴文善挺胸，主動走向楊光，並拉住他的手，和他十指交扣。

「卿卿我我也沒關係，因為我們是戀人。」賴文善滿臉通紅，很不習慣地說：「你、你是我的男、男朋……友……我想讓其他人知、知道這件事，這樣就不會有、有人覬覦你……」

明明第一句話說得很順，但後面卻又開始緊張到結巴。

賴文善很清楚這是他自己的問題，可是他這輩子從來沒做過這種事，所以才會緊張到不行。

楊光在聽到賴文善這麼說之後，什麼也沒想，開心到直接抱住他的大腿，把他整個人往上抬起，在原地轉圈圈。

「那我就不客氣了！」

「嗚哇！把、把我放下來！」

「哈哈哈哈——」

很顯然，楊光根本沒在聽賴文善說話。

他現在滿腦子裡只有「賴文善允許他放閃」、「他說可以公開表現出自己的占有欲」這些事情，興奮的他忍不住不停轉圈，直到發現賴文善臉色鐵青地摀著嘴，看起來快要吐出來的樣子，才終於停下來。

「文善！你沒事吧？」

「我、想吐……」

「該不會是最近做太多，所以懷——」

「算我求你，少說幾句話行不行。」

楊光明明是個很聰明的男人，只是偶而開口說出來的話，會讓人拳頭變硬。

他將手放在楊光的肩膀上，垂下頭小聲咕噥：「總而言之……我們先離開你學校，太多人在盯著我們看。」

「好，那我們回家吧？」

「你待會不是還要打工？」

「我想和文善放閃，所以不去了。」

「不行，怎麼可以因為這種事情翹班！」

「不然我帶你一起去打工？」

「……我可以在店裡等你下班。」

「嗯，好啊。」楊光伸長脖子，將嘴唇貼在賴文善的耳邊柔聲低語：「等我打工結束後，我們要回去做一整天哦？」

賴文善滿臉通紅地摀者耳朵，飛快和楊光拉開距離。

「你、你……」

「文善，我們現在不用躲著怪物，也不用擔心自己什麼時候會被殺死，所以我過得很幸福，也很開心。」

「突然之間說這些做什麼？」

「我只是在想，能夠這樣沒有後顧之憂、不帶任何目的的做愛，感覺真好。」

「簡單來說你就只是想做一整天的愛而已吧。」

「嘿嘿嘿嘿。」

雖然楊光刻意用言語美化，但聽在賴文善的耳裡，就只是單純在向他求歡而已。不過他很認同楊光說的話，因為不需要隨時維持啟動能力狀態的他們，做愛就只是戀人之間所進行的親密行為。

除了喜歡，沒有其他理由。

「真是拿你沒辦法。」

賴文善雙手捧住楊光的臉頰，低頭吻上。

楊光眨眨眼，勾起嘴角。

即便只有短短幾秒鐘的嘴唇接觸，他也很開心。

「噗哈！文善，你真可愛。」

「可愛的是你才對。」

兩人有說有笑地踏上回家的路，不必在意周遭的視線，也不用擔心會不會有怪物突然冒出來阻撓，他們只要活在擁有彼此的世界裡就好。

"I used to think Time was a thief, stealing everything I loved."

（我曾以為時間是小偷，偷走了我所愛的一切）

"But time is not a thief, he can't steal anything from me."

（但他不是，他無法從我身邊偷走任何東西）

"I can control time. Yes, I can."

（我可以控制時間，是的我可以）

"Fall again, Alice. Be with me."

（再次墜落吧，愛麗絲。和我一起）

"Because I am the white rabbit that belongs to you."

（因為我是屬於你的白兔）

在對街，一個男人雙手環抱在胸口，注視著賴文善與楊光有說有笑地離開，他們無視所有目光，眼中只有彼此，就像是墜落愛河的熱戀情侶。

與其他人的不同，男人深黑的眼眸如同黑洞，深不見底，無法窺探。即便旁人都覺得這兩個人只不過是在放閃的傻瓜戀人，可是看在他的眼中，並非如此。

那是隻全身染著腥紅色鮮血的白色兔子，與渾然不知，被他如珍寶般抱在懷中的無辜「愛麗絲」，那個男人所踏出的每一步，身後都會留下明顯的血腳印。

但，所有人都看不到，只有他可以。

垂眸的男人，忽然感受到一次冷冽的氣息，猛然抬起頭的瞬間，他發現楊光閃著金色光芒的眼瞳，正在看著自己。

他下意識冒冷汗，口乾舌燥，彷彿下一秒就會被對方劃破喉嚨般——

但很快的，這份威脅的氣息便消失不見，楊光也彷彿沒有發生任何事情般，抱著賴文善拐過大樓旁的彎路，消失在他的視線裡。

男人摸摸自己的喉嚨，忍不住哈地一聲笑出來。

「……究竟是誰追著誰都不知道的可憐『愛麗絲』，祝你永遠都不會發現，身旁的愛人究竟是什麼樣的男人。」

不久前才和賴文善見過面的男人，閉眸沉思。

「就像那傢伙仿冒的世界裡的那些角色還活在現實一樣，希望你有天也能發現，『真正的《愛麗絲夢遊仙境》』裡的角色也存在，而且他們比那些冒牌貨更加執著於自己的

『愛麗絲』。」

即使知道賴文善聽不見，但男人卻仍忍不住想要說出口。

自言自語的他，返身與那兩人踏上相反方向的路，走進大樓之間的夾縫，很快便失去了蹤影。

剩下來的，只有他心情繁複，殘留在空氣中的嘆息聲。

——《愛麗絲遊戲 Alice Game》全書完

✣

Afterword

後記

各位好，我是快要被地震晃到頭暈目眩的暈眩草。

先祝福大家都要平平安安的，最近地震頻繁，所以要特別留意哦！坑草也開始準備防災包，以備不時之需，不過防災包裡好像大部分放的都是我家狗狗的備品……（等等哪裡不對），我可能需要更大一點的防災包（沉思）。

寫第三集的時候剛好遇到今年那場大地震，直到現在我還記得自己迅速從床上跳起來，衝過去抱住我家狗狗的畫面，所以當我看到很多地震當下飼主們的反應影片時，真的感同身受。狗狗不像貓咪一樣懂得躲藏，我家的也只是傻傻站在那裏等我去抱牠，不過還好地震的時候我家狗狗很冷靜，不吵不鬧就這樣被我拎在手裡，但也有可能是被嚇傻了吧。

在這之後餘震也特別多，每次坐在電腦前面寫稿的時候，都有種自己在晃的錯覺，這種狀況可能要持續好幾個月才會結束，看來真的得買水平儀之類的東西放在桌上才行。話雖如此我最近下單的東西還是漫畫以及周邊（喂），對不起我真的很需要那些酷東西（掩面）。

《愛麗絲遊戲》的故事到這邊就結束了，這次的結尾用比較不像是完結的開放式劇情，可以讓大家猜測、想像一下之後會發生什麼事，還有整個故事背後真正的真相是什麼。原作《愛麗絲夢遊仙境》是個隱喻很多、文字遊戲豐富的故事，在查找資料的時候也發現很多有趣的設定跟傳聞，結果找資料比寫稿還認真（欸）。這部作品寫完之後，正在考慮要寫什麼樣的故事，目前來說應該會先以輕小說為主，如果大家喜歡這種黑暗血腥的耽美故事，歡迎跟坑草說，下次有機會的話我會再來跟編輯提案、開坑的。

賴文善和楊光的故事就到這邊結束，感謝支持、購買這部作品的你們，我們下篇後記再見。

草子信

草子信ＦＢ：https://www.facebock.com/kusa29

高寶書版集團
gobooks.com.tw

FH088
愛麗絲遊戲 Alice Game 03（完）

作　　者　草子信
封面繪圖　夏青
編　　輯　賴芯葳
美術編輯　林鈞儀
排　　版　彭立瑋
企　　畫　李欣霓

發 行 人　朱凱蕾
出　　版　朧月書版股份有限公司
　　　　　Hazy Moon Publishing Co., Ltd.
地　　址　臺北市內湖區洲子街 88 號 3 樓
網　　址　www.gobooks.com.tw
電　　話　(02) 27992788
電　　郵　readers@gobooks.com.tw（讀者服務部）
傳　　真　出版部　(02) 27990909　行銷部 (02) 27993088
郵政劃撥　19394552
戶　　名　英屬維京群島商高寶國際有限公司臺灣分公司
發　　行　英屬維京群島商高寶國際有限公司臺灣分公司 / Printed in Taiwan
　　　　　Global Group Holdings, Ltd.
法律顧問　永然聯合法律事務所
初版日期　2024 年 7 月

國家圖書館出版品預行編目 (CIP) 資料

愛麗絲遊戲 Alice Game 02/ 草子信著 . -- 初版 . --
臺北市 : 朧月書版股份有限公司出版 : 英屬維京群島商高寶國際有限公司台灣分公司發行 , 2024.07.
面 ;　公分 . --

ISBN 978-626-7362-78-5 (第 3 冊 : 平裝)

863.57　　113008924